OUTRO CONTO SOMBRIO DOS GRIMM

Obras do autor lançadas pela Galera Record:

Um conto sombrio dos Grimm

Outro conto sombrio dos Grimm

ADAM GIDWITZ

OUTRO CONTO SOMBRIO DOS GRIMM

JOÃO, O PÉ DE FEIJÃO
E UM SAPO DE TRÊS PERNAS

Tradução de
Rodrigo Abreu

1ª edição

GALERA
junior
RIO DE JANEIRO
2016

CIP-BRASIL. CATALOGAÇÃO NA PUBLICAÇÃO
SINDICATO NACIONAL DOS EDITORES DE LIVROS, RJ

Gidwitz, Adam
G385o Outro conto sombrio dos Grimm / Adam Gidwitz; tradução de Rodrigo Abreu. – 1ª ed. – Rio de Janeiro: Galera Record, 2016.

Tradução de: In a glass Grimmly
ISBN 978-85-01-10686-5

1. Ficção juvenil. I. Abreu, Rodrigo. II. Título.

16-30054 CDD: 028.5
CDU: 087.5

Título original em inglês:
In a glass Grimmly

Texto revisado segundo o novo Acordo Ortográfico da Língua Portuguesa.

Design de capa: Typo Studio

Direitos exclusivos de publicação em língua portuguesa somente para o Brasil adquiridos pela
EDITORA RECORD LTDA.
Rua Argentina, 171 – Rio de Janeiro, RJ – 20921-380 – Tel.: (21) 2585-2000,
que se reserva a propriedade literária desta tradução.

Impresso no Brasil

ISBN 978-85-01-10686-5

Seja um leitor preferencial Record.
Cadastre-se e receba informações sobre nossos
lançamentos e nossas promoções.

Atendimento e venda direta ao leitor
mdireto@record.com.br ou (21) 2585-2002.

Para Lauren...

Minha inspiração,

minha motivação, meu lar.

Vemos agora um pobre reflexo no espelho.

Mas então veremos face a face.

Sumário

Houve um tempo em que contos de fadas eram horríveis.

Não horríveis por serem *entediantes*. Não horríveis por serem *tão-fofinhos-que-você-quer-se-jogar-pela-janela*.

Horrível como está definido no dicionário:

Horrível (adj.) — que causa sensação de horror, terror, tristeza insuportável e náusea; também tende a produzir pesadelos, fugas aos prantos para as camas de pais e o encharcar de lençóis.

Eu sei, eu sei. Vocês estão pensando: "Contos de fadas? Horríveis? *Por favor*". Entendo.

Se vocês foram criados com as baboseiras que se passam por contos de fadas hoje em dia, não vão acreditar em nenhuma palavra do que estou dizendo.

Em primeiro lugar, vocês provavelmente estão acostumados a escutar, infinitamente, os mesmos contos de fadas entediantes. "Hoje, crianças, vamos ler uma história da Cinderela da China! Hoje, crianças, vamos ler uma história da Cinderela de Madagascar! Hoje, crianças, vamos ler uma história da Cinderela da Lua! Hoje, crianças..."

Em segundo lugar, aqueles contos de fadas que você escuta infinitamente nem mesmo são os *verdadeiros* contos de fadas. Alguma vez seus professores disseram a vocês: "Hoje, crianças, vamos ler uma história de Cinderela em que as meias-irmãs arrancam os dedos do pé e os calcanhares com uma faca de açougueiro! Então pássaros furam seus olhos com bicadas! Prontos? Todo mundo está sentado de pernas cruzadas como índios?"

Não? Eles nunca disseram isso?

Foi o que pensei.

Mas é assim que os contos de fadas reais são: estranhos, sangrentos e horríveis.

Há duzentos anos, na Alemanha, os Irmãos Grimm escreveram, pela primeira vez, aquela versão da *Cinderela* em que as meias-irmãs arrancam pedaços dos pés e acabam com os olhos furados a bicadas. Na Inglaterra, um homem chamado Joseph Jacobs colecionava contos como *Jack, o Matador de Gigantes*, sobre um garoto chamado Jack, que sai por aí matando gigantes das formas mais repugnantes e grotescas possíveis. E existia um sujeito chamado Hans Christian Andersen, que vivia na Dinamarca e escrevia contos de fadas repletos de tristeza e humilhação e solidão. Até mesmo as cantigas de roda da Mamãe Gansa podiam ficar bem sombrias — afinal, João e Jill sobem uma montanha, e então o garoto rola montanha abaixo e *abre a própria cabeça.*

Sim, contos de fadas eram horríveis. No sentido original da palavra.

Mas nem mesmo esses horríveis contos de fadas e cantigas de roda são *verdadeiros*. São apenas histórias. Certo?

Não exatamente.

Vejam bem, enterradas nessas cantigas e contos estão histórias verdadeiras, de crianças verdadeiras, que lutaram para passar pelos momentos mais sombrios e então emergiram — mais fortes, mais corajosas e, normalmente, completamente cobertas de sangue.

Este livro é a história de duas dessas crianças: um menino chamado João e uma menina chamada Jill. Sim, eles rolam montanha abaixo em certo momento. E sim, João abre a cabeça.

No entanto, há mais que isso. Tem um pé de feijão. Tem gigantes. Podem existir até mesmo uma ou duas sereias.

A história deles é aterrorizante. É revoltante. É horrível.

É o conto de fadas mais horrível que já ouvi.

Mas também é lindo. Não doce. Não fofinho. Lindo — como carvões cinzentos e dourados numa lareira. Ou como o castanho-avermelhado profundo de uma mancha de sangue seco.

E o melhor de tudo é que é verdade.

Agora, deixe-me apenas dizer que, se vocês por acaso são do tipo de pessoa que na verdade gosta de contos de fadas fofinhos e bonitinhos, ou do tipo que acha que crianças não deveriam ler sobre decapitação e esquartejamento, ou, finalmente, se vocês são do tipo de pessoa que, ao escutar sobre duas crianças caminhando com dificuldade por uma poça de sangue e vômito, sai correndo do quarto gritando, vocês não precisam se preocupar. Este livro é para vocês. Não há nenhuma decapitação, nenhum esquartejamento, nem pessoas sem roupa ou poças de sangue e vômito em lugar algum deste livro.

Pelo menos não nas primeiras páginas.

“Espere!”, vocês provavelmente estão pedindo. “O que era aquilo sobre pessoas sem roupa?”

Nada! Vamos seguir em frente!

CAPÍTULO UM

O Poço dos Desejos

Era uma vez um reino chamado Märchen, que ficava bem perto dos países modernos da Inglaterra, Dinamarca e Alemanha.

Preciso interromper. Já. Peço desculpas. Ninguém na história do mundo algum dia pronunciou a palavra "Märchen" corretamente. Algumas pessoas falam *Marchem*, como um general para seus soldados.

Não está certo.

Outras pessoas falam MÉR-tchen. Mais próximo, porém ainda errado.

Outros falam MÉR-shen. Foi basicamente o mais próximo que já cheguei da pronúncia correta, então provavelmente está bom o suficiente para vocês também.

Mas, se vocês realmente quiserem falar corretamente o nome do reino onde esta história se passa (e não sei por que vocês iriam querer, só estou oferecendo porque sou gentil a esse ponto), vocês têm que falar MÉR, depois fazer um som com a garganta como se estivessem juntando catarro para uma cusparada, e, então, falar *shen*. Assim: *MÉR-ccccrr-shen*.

Sabe do que mais? É melhor vocês falarem *Marchem*.

No centro do reino de Märchen ficava um castelo. Atrás desse castelo escondia-se um bosque. No bosque havia um poço. E no fundo do poço morava um sapo.

Ele era um sapo triste. Não gostava do poço. Ali era úmido, coberto de musgo, sujo e muito muito muito muito muito muito muito fedorento.

O dia todo o sapo ficava sentado no fundo do poço enquanto salamandras espalhavam água à sua volta. Agora, talvez vocês saibam disso, talvez não saibam, mas salamandras não são as criaturas mais *populares* do reino animal.

Mas por quê? Salamandras parecem legais para vocês. Elas vêm em um monte de cores bonitas, como roxo cintilante e vermelho fulguroso. Elas têm minúsculos olhos pretos, que encaram vocês de uma forma ah-tão-fofinha. E elas têm aquelas boquinhas que ficam permanente curvadas em pequenos talvez-sorrisos.

Tudo isso é verdade. Mas, além das cores bonitas e dos olhos minúsculos e dos talvez-sorrisos, elas têm umas vozes agudas, que usam para fazer as perguntas mais idiotas e entediantes que vocês já ouviram.

Por exemplo:

— Por que é azul?

Ou:

— Quem é uma pedra?

Ou:

— O quem tem gosto melhor, uma mosca ou uma mosca?

Ou:

— Quem é mais feio, Fred ou eu? Sou eu? Sou eu, não sou? Eu? Sou eu?

O único consolo do sapo triste no meio da umidade e da sujeira e do fedor e das salamandras era o céu. O dia inteiro e a noite inteira, o sapo olhava para o pequeno pedaço de céu que espiava para dentro de sua clareira. Às vezes era cinzento como ardósia, outras vezes, preto como tinta, outras vezes, manchado com um vermelho incandescente. Mas, na maior parte do tempo, o céu acima de seu poço era de um azul claro e profundo, com formas brancas como pedras fofas flutuando sobre ele. O dia inteiro e a noite inteira ele olhava, sem piscar, para o céu.

Então um dia, enquanto o sapo olhava para o céu, ele ouviu peculiares *passos-passos-passeando* na floresta. Aquilo foi seguido de um *baque* repentino e, então, um grito. Curioso, ele escalou a parede de pedra escorregadia até o topo do poço e olhou para fora.

Sentada no chão da floresta, com cabelos embaraçados e roupas enlameadas, estava uma garotinha. Seu rosto estava vermelho de raiva e esforço; os lábios, franzidos e furiosos. Mas seus olhos... O sapo os estudou. Seus olhos... Bem, eles se pareciam com o pedaço de céu sobre seu poço quando apresentava seu azul mais claro e profundo.

— Eles *não podem* brincar com minha bola! — berrou a menina para ninguém em particular. — Eles *não podem*. É *minha*!

Ela começou a jogar a bola para cima e para baixo, olhando por cima do ombro, de vez em quando, para ver se tinha sido seguida até a floresta, e então voltando para a bola, desapontada, toda vez que descobria que não tinha sido.

O sapo assistia, hipnotizado. E, enquanto vocês ou eu poderíamos ter começado a suspeitar que essa menina era uma pirralha egoísta, o sapo, sem conhecer muitos (nenhum) humanos, via apenas uma donzela que, de alguma forma, tinha capturado o céu e o mantido enjaulado atrás de suas pálpebras. E ele repentinamente sentiu que seria perfeita e totalmente feliz se simplesmente pudesse passar o resto de seus dias na presença dessa bela criatura.

Assim, o sapo começou a coaxar a plenos pulmões. *Talvez ela me note!*, pensou ele. E então, *Talvez ela me leve para casa com ela!* E depois, *Espere um pouco, ela não vive com salamandras!* E com isso ele colocou cada grama de esperança que fluía em suas pequenas veias de sapo em cada gorjeio anfíbio.

Porém, obviamente, a menina não o notou. Ela apenas jogou sua bola para cima e para baixo, para cima e para baixo. O sapo ficou sentado ali coaxando durante uma hora inteira, mas ela não olhou para ele nem uma vez. Finalmente, ela se levantou e foi embora da floresta com sua bola. O sapo, desesperado, se jogou da beira do poço, em direção às profundezas, torcendo para que a longa queda o matasse. Não matou. Em vez disso, as salamandras começaram a cutucá-lo com seus focinhos arredondados.

— Ei! Ei! Ei!

— Você está morto?

— Está? Sapo? Sapo?

— Como é estar morto?

— Eu estou morto?

— Eu sou fedorento?

— Quem é mais fedorento, Fred ou eu? Eu? Sou eu, não sou?

O sapo enfiou musgo em seus ouvidos.

Mas, para sua enorme felicidade, a menina voltou à floresta para brincar com sua bola no dia seguinte, e no próximo, e no dia depois daquele. E todo dia o sapo a galanteava com o coaxar mais magnífico que ele conseguia produzir. Porém ela nunca o notava.

Ainda assim, ele sentia prazer em observá-la, examinando sua beleza absolutamente perfeita e imaginando todos os momentos felizes que eles poderiam um dia compartilhar.

—

Infelizmente, caros leitores, vocês sabem tão bem quanto eu o erro que nosso pobre amigo, o sapo, está cometendo. Nós todos sabemos que beleza é uma coisa ótima, mas perde importância quando comparada a questões de bondade, gentileza, inteligência e honestidade. E, observando a menina jogar a bola para o alto, o sapo não era capaz de determinar nenhuma dessas coisas. Na verdade, ele não sabia praticamente nada sobre ela.

Ele não sabia que aquela não era apenas uma garotinha qualquer por quem ele tinha se apaixonado. Ela era a princesa, única filha do rei. Ele também não sabia que, por mais linda que fosse, ela era um horror. Doce e linda por fora, cruel e egoísta por dentro.

Se vocês sabem alguma coisa sobre crianças, caros leitores, talvez isso não os surpreenda. Talvez vocês saibam que um dos maiores perigos da vida é crescer sendo muito bonito.

Vejam bem, quando se é muito bonito, as pessoas tendem a prestar atenção à sua aparência. Elas sorriem para você mais facilmente. Elas são mais tolerantes com suas falhas. Logo, essas

pessoas passam a acreditar que sua beleza importa, e que elas são melhores porque são bonitas, e que tudo o que é necessário para passar pela vida é bater os cílios e enrolar o cabelo no dedinho, e que elas podem gritar e fazer beicinho e berrar e provocar porque todo mundo ainda vai gostar delas de qualquer forma, porque elas são tão inacreditavelmente lindas. Isso é o que muitas pessoas bonitas acham.

Cuidado, então, pois é assim que monstros são criados.

E receio que nosso pobre sapo tenha se apaixonado por um lindo monstrinho.

Um dia, a menina foi ao poço mais tarde que de costume. Enquanto ela brincava com a bola na pequena clareira, o sol começou a se pôr e as bordas do crepúsculo começaram a se erguer, como uma névoa negra no leste. A escuridão tornava mais difícil ver a bola, e então, numa jogada em particular, a princesa não conseguiu apanhá-la, e ela quicou diretamente para dentro do poço.

A menina gritou e correu até a beira do poço. Ela olhou para a escuridão abaixo. O sapo, que nunca tinha ficado tão perto da garota, olhava fixamente para ela e tentava manter a respiração constante.

De repente, a menina começou a gemer, como uma sirene. Ela gemia e gemia e chorava e gemia um pouco mais. Bem, o sapo sofria ao vê-la daquele jeito. Ele coaxou para ela, tentando confortá-la, mas ela não prestou atenção.

Oh, se ela ao menos pudesse me ouvir!, pensou ele. *Se ela apenas soubesse que eu estava tentando ajudá-la!*

Enquanto a menina chorava na escuridão do poço, lágrimas escorriam por seu rosto, caíam de seu queixo com covinha e pingavam na água negra do fundo.

Lá no alto, as primeiras estrelas tinham acabado de começar a aparecer no céu. As lágrimas que caíram no poço agitaram a superfície da água e, com isso, o reflexo das estrelas. Agora, talvez você saiba e talvez não, mas essa é a única forma de acordar as estrelas. E foi o que aconteceu.

Enquanto isso, o sapo tentava com toda a força coaxar algo que a menina pudesse entender.

— Posso pegar sua bola! — Ele tentou dizer a ela. — Posso ajudá-la, criatura linda, radiante e perfeitamente não anfíbia.

E, enquanto ele olhava para seus olhos azul-celeste, agora se tornando acinzentados na luz fraca, ele foi além de querer ajudá-la, e até mesmo além de ansiar ajudá-la. Ele desejou aquilo, em sons altos e coaxados de desejos de sapo.

Bem, as estrelas ouviram seu desejo e o realizaram.

O quê? As estrelas *ouviram* o sapo?

E elas realizam desejos?

Sim, elas ouviram.

E sim, elas realizam.

Sem nenhum aviso, suas coaxadas se tornaram perfeitamente compreensíveis para a menina, e o que antes tinha sido "*Rrrebet... rrebet... rrrebet...*" se tornou:

— Por favor, linda menina, deixe-me ajudá-la!

A menina se levantou como um raio.

— Quem disse isso? — perguntou ela.

— Acho que fui eu — disse o sapo, tão surpreso quanto ela.

— Você pode falar? — indagou ela.

— Aparentemente sim — respondeu ele, perplexo. — Eu... eu estava me oferecendo para ajudá-la.

— Oh, você *me ajudaria*?! — gritou ela, e o sapo quase surtou. — Oh, eu faria *qualquer coisa*! Eu realmente faria! Apenas pegue minha bola, e eu lhe darei *qualquer coisa*! Você pode ficar com minhas joias, ou minhas roupas mais elegantes, ou minha coroa...

Sua coroa?, pensou o sapo, mas não falou. Ele não sabia que ela era uma princesa. Mas, obviamente, ao examiná-la novamente, o que mais ela poderia ser?

Com toda a bravura que conseguiu reunir, o sapo respondeu:

— É claro que vou pegá-la! Você não precisa me dar nada... — Ele parou. A boca da menina, que se parecia com um botão de rosa, tinha se movido levemente enquanto ele falava, e suas emoções começaram a traí-lo. Ele gaguejou, e a pele ganhou um tom mais brilhante de verde. — Humm... — murmurou ele. — A não ser que... — balbuciou. — Você poderia sempre... — gaguejou.

— Qualquer coisa! — falou a princesa. — Eu lhe darei qualquer coisa!

— Eu estava apenas pensando... que poderíamos ser amigos...

— Oh, é *claro* que seremos amigos! — disse a princesa. — Acho que seremos *extremamente* próximos se você simplesmente buscar minha bola!

Bem, a princesa não pretendia cumprir aquilo, obviamente. Era apenas algo gentil que você devia dizer a pessoas humildes (e, aparentemente, a sapos) para não magoá-las. Ela havia aprendido tudo sobre não magoar as pessoas há *muito tempo.*

Mas o sapo, por não ter conhecido muitos (ou nenhum) humanos, não entendeu aquilo. E ele, pobre sapo, acreditou nela. Então, com um coração transbordando, mergulhou nas profundezas do poço e trouxe a bola da princesa de volta. Ela a segurou instantaneamente, gritou de felicidade, falou "Oh, *obrigada*, sapo!" e correu imediatamente na direção do castelo. O sapo, que tinha esperado passar um pouco mais de tempo com ela, agora que eles eram *extremamente* próximos, saltou do poço e tentou segui-la.

— Espere! — gritou ele. — Espere por mim! Não consigo acompanhá-la!

Mas é claro que a princesa não esperou por ele. Ela fingiu que não conseguia ouvi-lo.

Mais tarde naquela noite, o rei se sentou à mesa de jantar com a filha. Enquanto eles comiam a salada, o silêncio foi interrompido por um tímido *splish-splash splish-splash* que vinha de baixo das janelas. Então o som pareceu subir a escada. A princesa ficou mortalmente pálida.

Houve uma pausa, então uma batida à porta.

— O que é isso? — perguntou o rei.

— O quê? Não estou ouvindo nada — disse a princesa.

As batidas continuaram.

— Isso! — falou o rei.

Mas a princesa já tinha saltado de sua cadeira e corrido até a porta da frente.

Ela abriu apenas uma fresta. Ali, aguardando molhado e esperançoso na soleira, estava o sapo. Ela bateu a porta e voltou à mesa de jantar.

O rei examinou suas feições pálidas:

— Quem era, minha querida? — perguntou ele.

— Oh, ninguém — respondeu ela, e enfiou salada demais na boca para não conseguir falar.

A batida soou novamente.

— Mas *é* alguém — insistiu o rei. — Quem é?

A princesa se debulhou em lágrimas.

— Ele é um sapo horrível e velho! — gritou ela. — Ele pegou minha bola quando ela estava perdida no poço, e eu disse que ele poderia ser meu amigo! Oh, é terrível! — Os gemidos da princesa ecoavam no teto. — Waaaaaaaaaaaoooooooooooooh!

O rei, que tinha aprendido havia muito tempo que a princesa era capaz de ligar e desligar suas lágrimas quando quisesse, insistiu que ela abrisse a porta e trouxesse a criatura para dentro.

Enquanto isso, o sapo bateu à porta mais uma vez de forma nervosa. Talvez, pensou ele, a princesa não o tivesse visto quando abriu a porta. Ele era bem pequeno, obviamente. Era fácil não o perceber. Ele repetiu aquilo para si mesmo, tentando encobrir um medo mais profundo de que ela o tivesse, na verdade, visto e batido a porta por isso.

Mas seus medos foram aliviados quando a porta se abriu novamente e a princesa apareceu. Ele abriu seu mais largo sorriso de sapo e falou:

— Boa noite, Princesa. Eu estava apenas passando por aqui e achei que deveria parar para visitá-la. É um momento conveniente?

Ele tinha ensaiado esse discurso durante as três horas que levara para saltitar do poço até a porta do castelo.

— Bem, na verdade, não... — disse a princesa. E começou a fechar a porta novamente quando, da sala de jantar, o rei berrou:

— Convide-o para jantar!

A princesa franziu a testa.

O coração do sapo se inchou quando ele viu o saguão estonteante, os criados enfileirados contra as paredes, a mesa de jantar gloriosa e o rei — o rei! — sentado à cabeceira. Ele foi muito educado e lhe ofereceu uma cadeira. Mas o sapo era muito baixo para subir nela.

— Coloque-o na cadeira — comandou o rei para sua filha.

O coração do sapo começou a palpitar. Ela ia tocá-lo. Ele imaginou seus dedos delicados levantando-o no ar. Suspirou com expectativa.

Abruptamente, ele estava pendurado por um pé e, tão abruptamente quanto, foi jogado sobre a madeira dura da cadeira. Ele olhou para cima. A princesa fazia caretas.

— Preciso lavar minhas mãos agora, papai — avisou ela.

Humilhação varreu o sapo.

— Na verdade — falou o sapo —, sou muito limpo. São aquelas salamandras terríveis que acabam com a reputação de todos nós, moradores do poço.

Mas a princesa já estava lavando as mãos numa bacia trazida por um criado. O sapo ficou sentado desconfortavelmente em sua cadeira por algum tempo. Ele certamente não era capaz de alcançar a mesa — nem conseguia ver se havia comida sobre ela mesa. Logo o rei notou aquilo:

— Querida, erga seu amigo até a mesa para ele poder tomar a sopa.

(A salada obviamente tinha terminado, vocês sabem, e a sopa havia sido trazida.)

O sapo se viu repentinamente levantado e estatelado sobre a mesa, e enrubesceu ao ver a princesa ansiosamente pedindo para trazerem a bacia de limpeza novamente. Ele posicionou o rosto sobre o pires de sopa fumegante e a cheirou.

— Luxuriante — elogiou ele. — O que é isso?

A princesa soltou uma gargalhada. O rei começou a ficar vermelho.

Terror se apoderou do sapo. O que ele tinha falado? A princesa estava rindo alto e de maneira cruel agora. Ele não conseguia saber o que fizera de errado. Olhou suplicantemente para a linda menina.

— É sopa de coxa de rã! — gritou ela, rindo e apontando. Criados abafaram as risadas com as mãos. O rei, no entanto, parecia profundamente envergonhado.

— Levem isso embora! — bradou ele. Logo outra comida foi trazida, mas o sapo tinha perdido o apetite completamente. Algumas vezes ele tentou começar uma conversa à mesa, mas, em todas elas, a princesa ria ou o insultava. No fim do jantar, ele estava à beira das lágrimas. Seus sonhos de uma vida nova com a princesa com olhos da cor do céu estavam mortos.

— Estou cansado — disse ele. — Talvez seja melhor eu ir embora.

— Talvez seja melhor mesmo — concordou a princesa.

Mas o rei falou:

— Leve-o com você para cima. Ele pode dormir num travesseiro em seu quarto; certamente você não vai fazê-lo caminhar... saltitar... até sua casa no escuro. Uma doninha pode pegá-lo.

— Eu não me importaria! — anunciou a princesa. — E não vou tocar nele novamente!

Alguns dos criados gargalharam, e o sapo desejou nunca ter tido aquele desejo estúpido. Mas desejos não podem ser desfeitos, por mais que se deseje. Um desejo é uma coisa poderosa. Ele tinha o sapo em seu poder. E não estava pronto para libertá-lo.

Finalmente o rei convenceu a filha (através de ameaças e maldições) a levar o pobre sapo para o andar de cima. Ela fez aquilo o mais rápido que conseguiu, segurando-o por uma única pata e sacudindo-o enquanto subia a longa escada sinuosa. Estava com medo de ser despedaçado. (*Apesar de que assim eles poderiam me usar na sopa*, pensou ele, amargamente.) Enquanto observava a garotinha, ele se maravilhava com sua falta de sentimentos e também com seus lindos olhos de um azul profundo. *Se ela apenas gostasse de mim*, pensou ele. *Se apenas...*

Ao chegarem ao quarto, ela o jogou no chão e foi até o lavatório a fim de se preparar para dormir. Quando voltou, o encontrou encolhido num canto úmido, tentando em vão fingir que estava em casa, no fundo de seu odiado poço. *Pelo menos era melhor que isso*, pensou ele.

Ela se aproximou dele, que tremeu de medo. Mas seu rosto tinha mudado. Estava mais delicado. Talvez até solidário. Esperança brotou em seu pequeno peito.

Gentilmente, ela se abaixou e o segurou por debaixo da barriga. Ele tremeu.

Ela o ergueu até deixá-lo perto do rosto. Ele olhou para seus lábios rosados e os olhos azul-celeste.

E ela o beijou.

Certo?

É isso o que acontece agora, não é?

É claro que não. Que sentido isso faria?

Como qualquer um que leu os Irmãos Grimm saberia, na verdade é agora que ela o joga contra uma parede com toda a força na tentativa de matá-lo.

E apenas *então*, depois da tentativa de *assassinato*, ele se revela como um príncipe encantado. E eles se casam. E vivem felizes para sempre.

O que é claramente uma idiotice. Por que eles viveriam felizes para sempre depois de ela ter acabado de tentar matá-lo?

E por que ser arremessado contra uma parede o transformaria de volta num príncipe?

E quem disse que ele era um príncipe em primeiro lugar?

A essa altura, eu devia deixar algo claro. Há três versões desta história:

Existe a versão para crianças, na qual eles se beijam. Obviamente falsa.

Existe a versão dos Irmãos Grimm, na qual ela o joga contra a parede e então eles se casam. Que é, na minha opinião, ainda mais ridícula que a versão para crianças.

E então existe a versão verdadeira. A que aconteceu de verdade. Ela é assim:

—

A princesa segurou o sapo por uma das patas, o girou em volta da cabeça e o arremessou com toda a força na parede do quarto. Mas, enquanto o girava, ela apertou com muita força e a pequena pata se soltou do corpo.

O sapo voou pelo quarto e bateu na parede. A princesa se viu segurando uma única pata de sapo na mão, gritou e a jogou pela janela. Onde ela foi comida por uma doninha.

Como vocês podem ter desconfiado, nosso pobre sapo não recuperou a forma de príncipe, porque nunca tinha sido um príncipe. Ele era um sapo. Um sapo apaixonado por uma princesa linda e cruel.

O que significa que ser jogado contra uma parede machucou. De todas as formas possíveis.

O sapo ficou caído na base da parede. Ele estava sangrando na parte onde sua pata ficava presa (pois, quando você fere sapos, eles sangram de verdade) enquanto a princesa olhava fixamente para ele com um ar de satisfação repugnante.

Com toda a dignidade que havia sobrado, o pequeno sapo mancou para fora do quarto dela, desceu a enorme escadaria e saiu noite afora, deixando um rastro de sangue de sapo por onde passava.

O Fim

Certo, certo. Estou escutando.

Vocês estão dizendo:

— Isso não foi muito horrível!

Bem, talvez não tenha sido muito horrível para vocês. Não foram vocês que ficaram com o coração partido, tiveram uma pata arrancada (e comida por uma doninha) e foram jogados contra uma parede de pedra.

Mas vocês têm razão. No que diz respeito a contos de fadas, isso não foi muito horrível.

Não se preocupem.

As coisas pioram.

CAPÍTULO DOIS

A Mãe Maravilhosa

Era uma vez uma garotinha que tinha a mãe mais maravilhosa que vocês podem imaginar.

Vamos lá. Tentem imaginar a mãe mais maravilhosa que conseguirem.

Imaginaram?

Certo. Não é boa o suficiente. Não chega nem perto.

Em primeiro lugar, a mãe dessa garotinha era uma rainha. A mãe em quem vocês estavam pensando era uma rainha? Se não, já não é boa o suficiente. E mal começamos.

Em segundo lugar, a mãe da garotinha era linda. Realmente linda. Estonteantemente deslumbrante. Seus cabelos dourados eram tão longos e grossos quanto você pode imaginar, e desciam até a cintura. Ela era alta como uma estátua. E esbelta como uma vara de salgueiro. Seus lábios eram carnudos e vermelhos como um botão de rosa. E seus olhos — bem, seus olhos — eram de um azul-celeste tão claro e brilhante que vocês podiam olhar para ele por horas e nunca pensar em piscar.

É claro que essa mãe também era maravilhosa de muitas outras formas.

Suas roupas, por exemplo, eram o máximo absoluto do estilo. E seu cabelo era simplesmente perfeito — oh, esperem, eu já mencionei o cabelo? De qualquer forma, vale a pena mencionar duas vezes.

Como vocês podem ver, ela realmente era a mãe mais maravilhosa que se pode imaginar.

E sua filha sabia disso. Como poderia não saber?

Num dia frio de inverno, essa mãe maravilhosa estava diante do espelho de seu quarto enquanto sua pequena filha, cujo nome era Jill, estava sentada ao seu lado e observava as mãos experientes da mãe aplicarem uma coloração vermelha aos belos lábios e às bochechas pálidas. Os pés de Jill estavam de molho numa bacia de água gelada.

— Mulheres lindas têm os pés mais macios — disse a mãe a ela.

Jill assentiu intensamente e tentou não tremer tão alto que a mãe percebesse.

De repente, vindo da rua abaixo, eles ouviram o grito de um pobre pedinte, desafiando o frio em busca de comida.

— Pão! — gritou ele. — Pão para um velho homem morrendo de frio!

A rainha virou os olhos numa expressão de impaciência para Jill. A pequena sorriu para a mãe e, quando a rainha voltou à maquiagem, praticou rolar os olhos também.

Mas o pedinte gritou novamente:

— Pão! Por favor! Alguém pode me dar um pouco de pão?

Ele devia estar bem debaixo da janela, pois a voz ricocheteou nas calhas cobertas de neve, passou pela janela aberta e entrou no quarto. A mãe de Jill ergueu as sobrancelhas para Jill e então mergulhou o dedo em um pote de ruge. A menininha praticou erguer as sobrancelhas.

— Pão! Pão para um homem faminto e morrendo de frio! — gritou o pedinte.

— E podre também — falou a rainha. — Posso praticamente sentir seu cheiro daqui. — Jill soltou uma risadinha. Sua mãe continuou: — Não me faça sorrir, criança. Vou arruinar o ruge.

— PÃO! — berrou o pedinte.

— Céus! — A rainha olhou para Jill no espelho. Seus olhos viajaram até a bacia de água gelada. De repente, a rainha girou, arrancou a bacia sob os pés de Jill e foi até a janela. Ela olhou furtivamente para a filha por cima do ombro. Jill olhava fixamente, sem compreender. Então a mulher jogou a bacia de água inteira pela janela.

— Oh, Deus! — gritou o pedinte. — Quem fez isso? Oh, está frio! Está frio!

A mãe de Jill voltou para o centro do quarto. O rosto parecia contorcido em uma risada histérica e silenciosa. Ela olhou para Jill em meio às gargalhadas, os olhos arregalados, as sobrancelhas erguidas. Jill a encarava fixamente. Achou que deveria rir também. Então tentou. Sua mãe começou a rir com mais vontade nesse momento, a maquiagem em seu rosto rachando em pequenos sulcos, os olhos grandes como luas fitando a menininha. Jill assistiu a sua mãe rir e rir e rir enquanto o pedinte gritava por um cobertor quente na rua abaixo.

Finalmente, depois de cessar o ataque de riso, a rainha entrou em seu closet. Jill caminhou até a janela. O pedinte ainda gritava por um cobertor quente. A menininha esticou a cabeça sobre o parapeito e olhou para baixo. Um homem barbudo, encolhido, esfregava os braços e implorava, implorava para alguém ajudá-lo. Jill se perguntou se poderia lhe dar o xale, ou se sua mãe desaprovaria. Provavelmente ela desaprovaria.

De repente, o vento fez as janelas baterem, chacoalhando o vidro.

A rainha, das profundezas do guarda-roupa, bradou:

— O que você quebrou agora?

Apesar de Jill nunca ter quebrado nada da mãe na vida.

— Nada, mamãe! — gritou Jill de volta.

— Se foi meu espelho — bradou a mãe —, nunca vou perdoá-la!

Jill esticou o braço para fechar as janelas. Ela olhou uma última vez para o pedinte. Então, enquanto puxava as janelas, seu olhar acabou vagando pela praça gelada. Do outro lado, parados sob a sombra da igreja, reuniam-se três vultos. Eles observavam Jill. Observavam com olhos tão pálidos que pareciam não ter absolutamente nenhuma cor. Jill tremeu e recuou para o interior do quarto.

Sua mãe estava parada ali, olhando fixamente para ela, com vestidos jogados sobre os ombros, os braços em volta do pescoço.

— O que foi que quebrou? — perguntou a rainha, impaciente. — O que foi que quebrou? Não minta para mim! Foi meu espelho? Eu preciso saber!

— Nada! Nada, mamãe, eu prometo! — E correu até sua mãe maravilhosa, passando os braços em volta dela com força.

O que foi? Vocês não acham que ela é tão maravilhosa?

Não sei do que vocês estão falando.

— Anunciando a entrada do mundialmente famoso Holbein Cornelius Anderson! Mercador-Aventureiro e Costureiro dos Reis! — leu o guarda. Então deu passagem, e um homem, vestido com os tecidos mais brilhantes que Jill já vira, caminhou até o centro do salão. Ele sorriu com seu rosto liso de bebê, e seus olhos tinham uma cor azul tão pálida que eram quase brancos.

Era o meio aniversário da rainha, um feriado que o reino celebrava com mais fervor que qualquer outro a não ser o verdadeiro aniversário da rainha, que era um feriado tão sagrado que até mesmo as igrejas ficavam fechadas.

— Majestade — disse o homem vestido com roupas brilhantes, se curvando —, sou Holbein Cornelius Anderson, Mercador-Aventureiro e Costureiro dos Reis! Acabo de retornar de uma viagem retumbantemente bem-sucedida ao Oriente, onde fiz quimonos para sultões e turbantes para imperatrizes!

A rainha não sabia o que era um sultão ou um quimono. Seus olhos se estreitaram. Ela não gostava quando pessoas usavam palavras que ela não entendia.

— Mas agora retornei! — continuou Anderson. — E trago comigo o maior tesouro que já vi! E descobri, com grande surpresa, que retornei bem a tempo para o meio aniversário da rainha! O destino me guiou até seus pés, com este tesouro dos tesouros!

Houve uma pausa. O rei, a rainha, Jill e todos os cortesãos no aposento ficaram em silêncio. Assim como Holbein Cornelius Anderson. Ele ergueu o olhar, bem na direção dos olhos azul-celeste da rainha.

— Majestade — falou ele —, eu lhe trago a seda mais refinada, para o vestido mais lindo de todo o mundo.

Silêncio novamente. Ele sorriu. A rainha ergueu uma sobrancelha.

— Bem — exigiu ela impacientemente —, onde está?

— Não posso mostrar aqui! — bradou Anderson, surpreso. — Majestade, essa é a melhor seda do mundo! O imperador do Japão me ofereceu mil camelos por ela! O sultão da Arábia me ofereceu cada um dos búfalos que possuía! O Grande Khan, na China, ofereceu não cortar minha cabeça se eu a desse a ele! Recusei todas as propostas! Quis guardá-la para Vossa Majestade! Agora, depois de viajar todos esses milhões de milhas até aqui, não mostrarei a ninguém mais além de Vossa Majestade!

— Muito bem — anunciou a rainha. — Saiam agora, todos! Examinarei essa seda sozinha!

Seu marido, o rei, lhe ofereceu um olhar melancólico, mas ela ergueu uma sobrancelha gelada para ele. Ele, os cortesãos, os guardas e os criados, todos saíram do aposento. Jill foi a última. Quando ela estava prestes a fechar a porta, o velho mercador falou:

— Espere.

Jill fez uma pausa e olhou para trás.

— Princesa, você se importaria em ficar um instante? — perguntou o mercador. A rainha ergueu uma sobrancelha para ele, que a ignorou. — Entre, entre e feche a porta — disse ele, com um sorriso. Então, se virando para a rainha, continuou: — Sinto muito, Majestade. Mas você é muito mais alta do que eu me lembrava. Veja bem, as grandes rainhas e imperatrizes do Oriente são todas muito pequenas; algumas não passam do meu joelho! Eu sabia que Vossa Majestade era mais alta que isso, mas achei que fosse, talvez, do tamanho desta bela princesa aqui. Receio não ter seda o suficiente para um vestido que faça justiça à sua majestosa estatura. — E olhou para o chão como se estivesse envergonhado.

— Você vai fazer um vestido para minha *filha*?! — exclamou a rainha. — No *meu* meio aniversário?!

— Quando é o meio aniversário da princesa? — perguntou o mercador inocentemente. — Ou o aniversário de verdade, em todo caso? Eu poderia voltar numa data mais adequada.

Eu faço aniversário?, se perguntou a pequena Jill. Ela achava que apenas a rainha fazia aniversário. Ela sabia que nem sempre tinha estado viva, obviamente, mas jamais tinha passado por sua cabeça que ela — ou qualquer um além de sua mãe, na verdade — tinha nascido num dia específico. Era quase uma ideia tola pensar que pessoas além de sua mãe fizessem aniversário.

A linda pele de sua mãe ruborizou até Jill achar que ela poderia estar tendo um ataque cardíaco, como acontecera com aquele Lorde gordo há dois Natais. Mas sua mãe meramente falou, com uma voz tensa e seca:

— Deixe-me ver a seda.

O mercador assentiu afavelmente e colocou a enorme bolsa de tecidos diante dele. Então a abriu. Colocou as mãos ali dentro, se moveu para desdobrar algo e depois, muito lentamente, as retirou. Fez um espetáculo e tanto.

Suas mãos estavam separadas por um metro. Os dedos, pressionados com força. Seus olhos corriam de um lado para o outro entre as mãos. Sobre nada.

— Magnífica, não é? — Ele suspirou. — A seda mais primorosa que já vi.

Jill olhou de relance para a mãe. A rainha observava fixamente, com olhos arregalados, o espaço vazio entre as mãos do homem. Jill se virou para o mercador e imitou a expressão facial da mãe à exatidão.

— Você está vendo, não? — continuou o mercador. — Apenas o olho mais refinado pode ver seda tão majestosa, tão perfeita. Quase fui apedrejado até morrer no reino dos tártaros, porque o rei alegou que eu não tinha seda alguma. Mas então sua esposa entrou e riu dele. Vocês veem, não? Vocês veem a peça de seda mais primorosa que já existiu?

— Oh, sim! — respondeu a rainha, e repentinamente sua voz adotou uma languidez sonhadora. — Ela é... ela é maravilhosa. Simplesmente perfeita. Não achava que poderia haver seda tão bela. — Ela olhou para Jill. — Você está vendo, criança?

— Oh, sim! — disse Jill, ecoando o tom sonhador da mãe. — É maravilhosa. Ela... ela é maravilhosa. — Por não ver nada, ela não ousou falar mais.

— As cores radiam e brilham por todo o filamento, não é? — perguntou o mercador. — Como um arco-íris correndo para acompanhar o sol.

— Sim, é exatamente assim que eu a descreveria! — exclamou a rainha. — Como um arco-íris! Ou... como folhas do outono quando as cores estão mudando! — Ela olhou para o mercador, hesitante.

— Oh, Majestade, és uma poetisa! Sim, eu não poderia ter descrito melhor!

Jill gaguejou:

— É como... como pedaços de ouro, beijados com as cores do pôr do sol — experimentou ela.

— Sim! Sim, isso mesmo! — bradou o mercador, e seu sorriso se espalhou pelo rosto liso.

— É mais como folhas do outono, Jill — falou a mãe friamente. — Não é o que você diria, Anderson?

— Claro, Majestade — respondeu ele, o sorriso desaparecendo como a aparição da seda. — Mas a princesa aprendeu a ter bom gosto com sua mãe.

— O Senhor sabe que me esforço. — A rainha suspirou. Então continuou: — Não há seda o suficiente para fazer um vestido para mim?

— Infelizmente, Majestade... — respondeu o mercador. Jill pensou ver os olhos pálidos do homem se virarem na direção dos dela por um momento, e ali havia calor, perigo. Mas então desapareceu. — Infelizmente, não. Tenho exatamente tecido o suficiente para costurar um vestido para a princesa.

A rainha, depois de ter visto a seda, não parecia tão zangada quanto antes por não receber o presente ela mesma:

— Quanto tempo levará? — perguntou ela.

— Se Vossa Majestade permitir que eu use um tear no castelo, toda a linha de que eu precisar, além de comida e bebida e dinheiro para despesas, acho que eu poderia terminar o vestido em um mês.

— Um mês! — exclamou a rainha. Ela olhou para o mercador de forma cética. — Faça em três semanas.

— Certo — respondeu o mercador. — Mas terei que ficar acordado a noite toda, todas as noites.

— Três semanas, então — anunciou a rainha. — Minha garotinha usará o vestido na Procissão Real daqui a três semanas!

Agora, a essa altura, talvez vocês estejam achando que conhecem essa história. E tenho certeza de que já ouviram alguma versão dela, desfigurada, estrangulada e quase transformada em algo doce, depois de anos e anos sendo contada a crianças pequenas.

Mas a forma como vocês a conhecem não é a forma como aconteceu.

A real é... diferente.

—

Na manhã seguinte, Jill subiu no torreão mais alto do castelo. Lá, ela encontrou o velho mercador já trabalhando. Ele bombeava o pedal do tear com seus pés enquanto movia a lançadeira para cima e para baixo, para cima e para baixo. Jill olhava para suas mãos, que seguravam agilmente o espaço que a lançadeira tecia. Não havia nada ali. Não havia absolutamente nada no tear. Tinha certeza disso.

Bem naquele instante, o mercador olhou para ela. Seus olhos se encontraram. Novamente, ela sentiu aquele calor, aquele perigo. Mas apenas por um instante. A sensação passou, e o mercador falou:

— O que a senhorita acha de meu trabalho, Princesa?

Ela caminhou lentamente até o tear. Os pés dele pararam de bombear. A lançadeira pairava no ar acima de onde o material deveria estar. Ela examinou o nada.

Você está vendo, criança?, perguntara a rainha.

Jill olhou para o mercador.

— Minha mãe estava certa — disse ela. — É mais como folhas de outono.

O mercador sorriu:

— Sim, minha cara. Bem, você pode sempre desejar ser tão sábia e bela quanto sua mãe um dia. É um objetivo digno para qualquer filha.

Jill olhou para o chão, se curvou e se virou para ir embora. Mas ela bateu em cheio no rei, que vinha inspecionar o presente do mercador. Atrás dele estava seu amigo e confidente, Lorde Boorly.

— E onde está essa seda maravilhosa? — perguntou Lorde Boorly, enquanto cruzava o portal, o monóculo fixado firmemente entre a sobrancelha esquerda e o topo da bochecha carnuda.

Seus olhos pararam sobre o tear. Suas sobrancelhas se ergueram rapidamente, e o monóculo caiu no chão, estilhaçando-se. Ao seu lado, o rei olhava fixamente, em silêncio.

— Maravilhosa, não é mesmo, Majestade? — perguntou o mercador.

— Humm... — começou o rei.

— A princesa estava me contando agora mesmo que chegou à conclusão de que sua esposa foi mais precisa em descrever a seda como da cor de folhas de outono. Não estava, Princesa?

E sorriu para a menina.

— Sim — disse ela, estudando o rosto de Lorde Boorly e o do rei curiosamente. — Foi o que eu disse.

— Ah! — falou Lorde Boorly. — Sim! Estou vendo agora! É difícil pegar de primeira! Tão sutil! Tão fina! Mas sim! É magnífica! — Ele caminhou até o tear para inspecionar mais de perto. — Sim, folhas de outono... estou vendo. Mas... e quanto a penas de pavão, hein? Você não diria que é mais próximo da realidade, Anderson?

O mercador pensou um pouco.

— Pode ser... — respondeu, finalmente. — Até que pode ser...

O rei tinha, a essa altura, se aproximado do tear. Ele ainda inspecionava a máquina quando o mercador perguntou a ele:

— E com que Vossa Majestade diria que ela mais se parece? Com as penas de pavão de Lorde Boorly? Ou com as folhas de sua esposa? Ou — acrescentou — pedaços de ouro beijados pelas cores do pôr do sol? Essa foi a descrição da princesa.

— Foi, é mesmo? — O rei apertou os olhos na direção da menina, e então se virou novamente para o tear. Depois de um momento, ajeitou a postura. — Bem, eu concordo com minha filha! Pedaços de ouro, absolutamente!

Lorde Boorly parecia cabisbaixo:

— Vossa Majestade não diria penas de pavão?

O rei olhou para Jill. Ela encolheu os pequenos ombros. Ele olhou novamente para Boorly.

— Eu certamente não diria! — respondeu ele. — Pedaços de ouro no pôr do sol, é isso. Folhas, talvez. Mas, realmente, ouro no pôr do sol. Na verdade — falou ele, levantando a voz e apontando um dedo para o teto —, não acho que já vi uma cor mais parecida com ouro no pôr do sol que essa! — Ele esticou o braço e apertou a mão do mercador. — Meu bom senhor, obrigado por nos trazer esse espécime tão magnífico. Não posso esperar para ver minha filha arrumada com um vestido tão estonteante! — Ele sorriu para Jill e, em seguida, se virou e acompanhou Lorde Boorly para fora do quarto.

Jill encarou o mercador. Ele estava olhando fixamente para os dois homens, pensativo, sorridente. Ela o observou por um momento e saiu.

Jill estava no quarto de sua mãe, observando enquanto a rainha testava diferentes tons de sombra para os olhos que ela havia ganhado de presente em seu meio aniversário. Depois de um tempo, ela falou:

— Mãe, posso contar uma coisa?

— Humm? — respondeu a mãe, desatenta.

Jill estudou as belas feições da rainha:

— Mãe, às vezes não consigo ver a seda.

A rainha parou de aplicar sua maquiagem, e os olhos das duas se encontraram através do espelho. Lentamente, sua mãe disse:

— Às vezes?

Jill respirou fundo. A mãe sabia. Ela sabia que Jill não era capaz de ver. Ficaria tão desapontada.

— Sim — respondeu Jill, apressada. — Às vezes eu a vejo como se fosse a coisa mais brilhante e linda do mundo. — Depois acrescentou baixinho: — Depois de você.

Os olhos da mãe voltaram ao espelho. Ela *realmente* parecia desapontada. Sua voz estava sem expressão quando falou:

— Bem, talvez um dia você aprenda a vê-la o tempo todo. É necessário um olho verdadeiramente refinado.

—

No dia seguinte, Jill voltou ao quarto no torreão. O mercador ainda trabalhava com a seda invisível, bombeando, puxando e tecendo. Jill o observou da soleira. Depois de um tempo, ele olhou para ela.

— Ah, Princesa! Que prazer vê-la! — disse ele. — Venha, venha, veja em que estou trabalhando agora! — Jill se aproximou. — É a barra do vestido! — explicou ele. — Você não está vendo? Na beira, estou usando uma cor levemente diferente... algo como a lama avermelhada nas margens de um rio amarelo. Está vendo?

Jill olhou fixamente. Ela não viu nada. Hesitou.

Finalmente, respondeu:

— Sim.

O mercador tirou os olhos do tear. Eles eram tão pálidos:

— Você está vendo, Jill?

A menina estremeceu. Então ouviu sua mãe dizer: *Talvez um dia você aprenda a vê-la o tempo todo.*

— Claro que vejo — disse ela ao mercador. Então saiu.

Finalmente, o dia chegou. Jill foi acordada muito, muito cedo pela manhã para ajudar a mãe a se banhar. Enquanto esfregava os óleos de banho e o sabão na pele macia da rainha, ela falou:

— Mãe, você acha que ficarei bonita hoje?

A água com sabão, batendo delicadamente contra a borda da banheira, era o único som ambiente. Então, lentamente, a rainha se virou para a filha. Jill podia ver os olhos de sua mãe examinando todo o seu rosto. Finalmente, a rainha falou:

— Talvez você fique. — E sorriu.

O coração de Jill cantou.

—

Depois de Jill ter se banhado, o mercador entrou em seu quarto de vestir. Ele levantou as mãos separadas diante dele. Estava radiante. Olhou para o espaço entre suas mãos e novamente para Jill.

— Bem? — perguntou ele. — O que você acha?

Jill olhava fixamente. Não via nada.

— Eu... — começou ela. E parou.

— Sim? — insistiu o mercador, com a testa franzida.

— Eu não... — disse ela novamente.

A testa dele se franziu ainda mais:

— Continue...

Ela abriu a boca para falar. Então, em sua mente, ouviu as palavras: *Talvez você aprenda*. E falou:

— Você pode me ajudar a vesti-lo?

O mercador sorriu:

— Claro, Majestade. — Ele não olhou para a menina quando ela deixou a toalha cair. Sua voz estava muito seca quando ele disse: — Nada de roupas de baixo, Majestade. Elas vão marcar a seda.

Lentamente, com os olhos fechados, o mercador passou o vestido sobre a cabeça de Jill.

— Leve como o ar, não é mesmo? — perguntou ele melancolicamente.

Ela balançou a cabeça e engoliu em seco. Seus olhos também estavam fechados, e ela se concentrou em como sua mãe estava sempre tão bela, como era sempre graciosa e adorável.

Então abriu os olhos e se encarou no espelho.

Ela prendeu a respiração. Um vestido de seda, mais pura e brilhante que qualquer uma que já tivesse existido, caía, sem nenhum peso, de seus pequenos ombros esbeltos. Ele era vermelho e laranja e azul e amarelo, exatamente como uma pilha de moedas salpicadas pelo sol enquanto este se transformava de cor-de-rosa em preto. As cores do vestido se misturavam, amarelo se transformando em laranja, e depois em vermelho e de volta em amarelo, enquanto o vestido se movia sobre o pequeno corpo de Jill.

A menina levou as mãos ao peito. Ela estava certa. De alguma forma, tinha descoberto como ele era. E sua mãe estava certa. Ela estava linda. Sabia que estava.

Ela sorriu para Holbein Cornelius Anderson no espelho.

— É muito bonito — disse, radiante. — Obrigada.

O mercador de seda repentinamente pareceu confuso.

A Procissão Real começou no portão do castelo. Na frente estavam os trompetistas, tocando uma fanfarra para anunciar a comitiva real. Atrás deles, Lorde Boorly liderava o grupo dos cortesãos mais próximos ao rei e à rainha, arrumados com suas melhores roupas. Atrás deles, caminhavam os soldados em suas armaduras prateadas, *clomp, clomp, clomp.* Então vinham o rei e a rainha, de braços dados. Ele vestia seu arminho roxo. Mas, obviamente, ninguém o notou. Pois a rainha caminhava ao seu lado, usando um vestido estonteante de renda berinjela e branca. Granadas adornavam seu pescoço, e rubis estavam pendurados nas orelhas macias. A pele pálida brilhava, e seus olhos azuis ecoavam a imensidão do céu.

Então, atrás deles, vinha Jill. A pequena Jill. Seu cabelo tinha sido penteado. As unhas, pintadas. Ela usava sapatos cor de argila e fitas vermelhas no cabelo. Seu vestido de seda — tão leve, tão liso, tão brilhante — esvoaçava contra suas pernas. Ela sentia como se estivesse vestindo uma daquelas miragens que aparecem na estrada num dia quente; o tecido era tão leve e cintilante que dava essa impressão.

A comitiva real avançou pela multidão estrondosa e carinhosa que ocupava as ruas fora do castelo. Os trompetes soavam, e as pessoas aplaudiam. Lorde Boorly e os outros cortesãos acenavam, e a multidão assoviava e acenava de volta. O rei e a rainha sorriam serenamente para os súditos, e as pessoas do reino comemoravam como loucas.

Então elas viram a princesa.

Um silêncio tomou conta da multidão. Ele correu pela rua como um arrepio. Ninguém falava. O povo observava enquanto a princesa caminhava com a cabeça erguida, sobrancelhas arqueadas exatamente como estavam sempre as da rainha, sorrindo e olhando não exatamente para a multidão, mas para um ponto logo acima da cabeça deles.

De repente, um sussurro quebrou o silêncio:

— *O novo vestido da princesa! O novo vestido da princesa!* — Jill ouviu aquilo. Seu sorriso ficou um pouco mais largo. Um pouco mais confiante. Os sussurros cresceram. — *O novo vestido da princesa! Lindo! Lindo!*

A Princesa Jill permitiu que a cabeça flutuasse um pouco mais alta. Sua postura se tornou mais natural, mais majestosa. Ela parou de olhar sobre a cabeça de seus súditos e começou a encarar os rostos surpresos. Seu sorriso se alargou.

O sussurro se transformou numa onda — "O Vestido é lindo! *Ela* é linda!" —, ondulando pela multidão admirada. Jill tinha certeza de que sua mãe também podia ouvir. Seu peito se encheu até quase estourar.

Nesse momento, Jill notou uma criança pequena, sentada nos ombros de seu pai. Tinha apenas um ou dois anos a menos que Jill. Até se parecia com a própria, um pouco. Cabelo parecido. Algo nos olhos, talvez. E então Jill notou que a menininha estava olhando para ela de forma estranha. Sua pequena boca estava aberta. As sobrancelhas, bem erguidas em sua testa tenra e arredondada. Ela levantou um pequeno dedo e apontou para Jill. O sorriso sumiu do rosto da princesa.

— Por que a princesa está nua, papai?

Jill parou de andar.

A onda de sussurros vacilou, então silenciou.

— Ela está nua, papai! Por quê? — perguntou a criança.

O sangue correu para as bochechas de Jill. Ela percebeu levemente que, à sua frente, a procissão tinha parado. Seus pais tinham se virado para olhá-la.

— A princesa está nua! — gritou alguém na multidão. — A princesa está nua!

Jill olhou para si mesma. Os vermelhos, os amarelos, os azuis... tinham desaparecido. Não havia nada. Ela estava, realmente, completamente nua.

A menina ergueu os olhos. Sua mãe estava ali. Os olhos da rainha estavam furiosamente arregalados, as narinas se expandiam, como as de um touro. Seus lábios se moviam, mas era como se Jill tivesse ficado surda. O mundo ficou repentinamente silencioso, como num sonho. Ela tentou identificar o que sua mãe estava dizendo. Então, de repente, conseguiu escutar novamente.

— Cubra-se, sua tola! — berrou a rainha.

E Jill escutou tudo. Ondas de risadas se espalhavam à sua volta. Ela se virou e começou a correr, tentando se cobrir. Os rostos à sua volta estavam alucinados, uivando. Seus olhos pareciam arregalados como luas, a maquiagem que usavam, rachando em fendas. Risadas alucinadas, perplexas e penetrantes caíam sobre ela, como uma cascata. Ela correu, correu, correu o mais rápido que suas pernas puderam carregá-la.

De repente, a mão de uma pessoa se destacou do meio da multidão e a segurou pelo braço.

Ela se virou para olhar. Era um pedinte. Suas costas estavam arqueadas, e a barba era longa e desgrenhada. Ele falou:

— Está frio aqui fora, Princesa. Você gostaria de um cobertor? — E entregou a ela um áspero cobertor de lã. Depois sorriu. Jill se cobriu com ele e saiu correndo na direção do castelo, os sapatos cor de argila fazendo barulho nos paralelepípedos, as fitas vermelhas no cabelo balançando ao vento, o corpo nu passando apressado pelas fileiras e fileiras de pessoas, que uivavam, riam e choravam.

Uau. Isso foi desagradável.

Eu realmente sinto muito por ter que lhes contar sobre isso. Eu, que já ouvi essa história várias vezes, fico transtornado apenas por repassá-la. Vocês, caros leitores, devem se sentir positivamente nauseados.

Em todo caso, antes de concluirmos essa história (ela ainda não acabou de verdade!), vocês têm uma pergunta. Eu sei que têm, porque, quando a escutei pela primeira vez, a versão verdadeira desse conto famoso, eu fiz a mesma pergunta. É uma questão prática. Um pequeno detalhe. E, enquanto os adultos

estão pensando, "Não é suficientemente importante para perguntar", as crianças estão exigindo uma resposta imediatamente. E elas realmente deveriam fazer isso.

A pergunta é a seguinte: *Por que Jill não podia usar roupas de baixo?*

Sim! Excelente pergunta. Essa é a pergunta exata a ser feita.

A resposta?

Não faço ideia.

Sério. Não tenho nenhuma pista. Porque o mercador queria humilhá-la ainda mais? Ou porque ele estava tentando lhe ensinar uma lição? Talvez.

Ou talvez fosse algo a ver com estar totalmente nua diante de todo mundo.

Mas não me ouçam. Acabei de inventar tudo isso. Invente a própria explicação.

Já fazia muitos e muitos anos que um humano não entrava na clareira com o poço. Mas, num dia frio e ensolarado de primavera, quando os botões eram minúsculos travesseiros verdes para bichos-da-seda e o perfume antigo do gelo derretido se erguia do solo como uma memória, o sapo observava o céu azul-celeste conforme ouviu um som peculiar de *passos-passos-passeando* no chão da floresta. Aquilo foi seguido de um repentino *baque* e, então, um grito. Curioso, ele escalou a parede de pedra escorregadia até o topo de seu poço e olhou para fora.

Sentada no chão da floresta, com cabelo embaraçado e roupas enlameadas, estava uma menininha. Seu rosto estava vermelho de raiva e cansaço. Seus lábios estavam franzidos e furiosos. Mas seus olhos... O sapo os estudou. Seus olhos... Bem, eles eram exatamente como o pedaço de céu sobre seu poço quando apresentava um azul mais claro e profundo.

A menina estava sentada no chão, chorando. O sapo ficou tonto. Será que essa era uma memória que ganhara vida? Mas, quanto mais olhava para a menina, mais tinha certeza de que não era. Ela tinha os mesmos olhos, sim. Mas o cabelo era mais escuro e encaracolado. O rosto não era tão perfeito. Nem perto de ser tão perfeito. E a forma como ela chorava. Era mais genuína. Mais humana.

Além disso, estava completamente nua, a não ser por um maltrapilho cobertor marrom que trazia enrolado no corpo.

Será que ele deveria? Depois de vinte anos? Ele tinha perdido sua pata e seu coração da última vez...

E mesmo assim...

O sapo respirou fundo, limpou a garganta e falou:

— Por favor, querida menina, deixe-me ajudá-la.

A cabeça da menina se levantou imediatamente:

— Quem falou isso?

O sapo ofereceu a ela seu mais solidário sorriso anfíbio:

— Fui eu.

A menina se assustou como se sofresse um ataque cardíaco.

— Sim — acrescentou o sapo. — Sei falar.

Outro ataque cardíaco.

Então o sapo falou:

— Você sabe?

E a menina riu. Ela fungou, limpou o nariz no braço e assentiu.

— Eu sou Jill — disse ela.

— Eu sou o Sapo.

A menina riu e fungou novamente:

— Esse é seu nome?

O sapo deu de ombros. Ela sorriu e limpou o nariz no braço.

— Posso ajudar? — perguntou o sapo.

Jill deu de ombros:

— Estou fugindo.

— Oh... — respondeu o sapo. E então ele teve a ideia mais brilhante de toda a sua vida longa e até então desagradável. — Leve-me com você.

— O quê?! — exclamou a menininha.

— Leve-me com você — repetiu o sapo. — Odeio isso aqui. Odeio meu poço. É úmido e cheio de musgo, e sujo e muito muito muito muito muito muito muito fedorento.

Ela inclinou a cabeça na direção dele, pensando.

— Além disso — acrescentou o sapo —, está cheio de salamandras.

— Salamandras?

— Elas são terríveis. Acredite em mim.

A pequena Jill não conseguiu impedir seu sorriso para o sapo. Ela notou que ele tinha apenas três patas. As árvores ao vento soavam como ondas sobre a cabeça delas. Finalmente, ela falou:

— Certo.

— Certo! — gritou o sapo. — Para onde?

Jill pensou por um minuto. E então ela disse:

— Para a casa de meu primo.

— Excelente — respondeu o sapo. Então acrescentou: — Mas você não acha que deveria vestir algumas roupas antes?

CAPÍTULO TRÊS

João e Jill e o Pé de Feijão

Maria tinha um cordeirinho, cordeirinho, cordeirinho.

Maria tinha um cordeirinho cuja lã era preta como carvão.

— Pare de me seguir! — gritou Maria.

Aonde quer que Maria fosse, Maria fosse, Maria fosse,

Aonde quer que Maria fosse, o cordeirinho ia atrás.

— Saia de perto de mim!

As crianças riam e brincavam, riam e brincavam, riam e brincavam,

As crianças riam e brincavam ao ver o cordeirinho a seguir.

— Ninguém quer você aqui!

Numa pequena aldeia nas cercanias do reino de Märchen, os meninos tinham inventado essa música. Eles a cantavam toda vez que viam o cordeirinho. E, toda vez que eles a cantavam, todos riam.

Todos, na verdade, menos um pequeno menino chamado João.

João, vocês sabem, era o cordeirinho.

Era uma vez, muitos anos atrás, um príncipe que saiu do Castelo Märchen, abandonou seu bom pai, o rei, e sua irmã mimada, a princesa, e foi viver entre os homens pobres.

Ele não queria uma vida mansa, com criados e lençóis e pequenas colheres de chá. Ele queria uma vida vigorosa, uma vida dura: ordenhar as próprias vacas, cortar a própria lenha, comprar e vender, como um camponês está acostumado a fazer. Então ele fez isso. E viveu daquela forma por muitos anos, até que suas mãos ficassem duras como sua vida.

Ele se casou com uma boa mulher, e ela teve um filho — com grandes olhos escuros e cabelo encaracolado tão preto quanto carvão. Mas a mulher faleceu, e o homem foi deixado sozinho com o pequeno menino. Ele tentou criar o menino com todo o vigor e as adversidades que a vida de um camponês exigia.

Ele tentou e tentou e tentou, mas não funcionou muito bem.

O menino, vejam só, era um sonhador.

— Onde estão as galinhas? — berrou seu pai um dia. — Onde estão todas as galinhas?

— Eu quis vê-las voar, Papai! — disse o garotinho. — Mas elas não voam muito bem. E então uma raposa comeu todas elas, porque ela estava com fome. — O menino sorriu para seu pai grande e forte. Ele sentiu veias saltarem em sua testa.

Em outra ocasião, o garoto vestiu as melhores roupas do pai e foi nadar no lago. Sem saber nadar. O garoto, por sorte, foi salvo. As roupas, por sua vez, não foram.

Em ainda outra ocasião, o garoto inventou uma canção. Ela dizia "João é sinistro, João é macabro, João vai saltar por cima do candelabro". Porque o nome do garoto era João. Então ele tentou pular por cima de um candelabro. Ele o derrubou. A casa pegou fogo. Completamente.

À medida que os anos passavam, João continuou a ser um sonhador. Mas se tornou algo mais. Ele se transformou num seguidor.

Alguns anos depois do incidente do candelabro, o pequeno menino entrou em sua (nova) casa chorando.

— João! — gritou seu pai. — João! O que aconteceu? — Os olhos do menino estavam vermelhos e inchados, e as bochechas e braços e pescoço e orelhas, vermelhos, empolados e inchados também. João, ainda chorando, contou a seu pai que os garotos da aldeia tinham lhe dado uma planta que o tornaria tão forte quanto um touro e tão corajoso quanto um leão. Tudo o que tinha que fazer era esfregá-la em si mesmo. E ele fez aquilo. Mas doeu e coçou, e ele não queria ser forte como um touro e corajoso como um leão se fosse para doer tanto. O pai de João o colocou numa banheira cheia de água gelada. — Antes de você esfregar uma planta por todo o corpo, garoto — disse a ele —, assegure-se de que não é urtiga.

Foi depois desse incidente que a famosa canção foi inventada:

Maria tinha um cordeirinho, cordeirinho, cordeirinho.

Maria tinha um cordeirinho cuja lã era preta como carvão.

— Pare de me seguir! — gritou Maria.

Aonde quer que Maria fosse, Maria fosse, Maria fosse,

Aonde quer que Maria fosse, o cordeirinho ia atrás.

— Saia de perto de mim!

As crianças riam e brincavam, riam e brincavam, riam e brincavam,

As crianças riam e brincavam ao ver o cordeirinho a seguir.

— Ninguém quer você aqui!

Maria era um garoto alto, com um rosto incisivo e olhos brilhantes, e era o garoto mais corajoso, forte e engraçado da aldeia. Se João pudesse ser qualquer pessoa no mundo, não seria o monarca do reino de Märchen. Ele seria o rei dos garotos da aldeia. Ele seria Maria.

Espere, você está nos dizendo que "Maria" é um *garoto*?

Sim. Vejam bem, nos países germânicos, como o reino de Märchen, garotos muitas vezes recebiam dois nomes. E algumas vezes o segundo nome era Marie... ou Maria. Há um poeta

famoso chamado Rainer Maria Rilke. Ele é um garoto. Bem, ele foi um garoto. Agora ele está morto.

De qualquer forma, sim, estou lhes dizendo que "Maria" é um garoto.

Um dia, o pai de João o chamou ao seu lado:

— Você sabe que dia é amanhã?

João assentiu:

— Meu aniversário.

Seu pai perguntou:

— Você gostaria de receber seu presente agora?

João bateu palmas e pulou no colo do pai. Mas este o empurrou delicadamente.

— Garoto — disse ele —, amanhã é seu aniversário. Acho que está na hora de você começar a agir como um homem.

João assentiu e lentamente desceu do colo do pai.

— Não apenas um homem, João. Acho que já está na hora de você agir como um homem responsável por si mesmo. Ter mais responsabilidade. E não seguir tanto aqueles garotos.

— Eu não os sigo — falou João. — Eles são meus amigos.

O pai de João suspirou:

— De qualquer forma, o dinheiro anda curto. Talvez você tenha notado. Você sabe, a vaca...

— Leitosa! — disse João.

— Sim, você a chama de Leitosa — concordou o pai. — O dinheiro anda curto porque a vaca não está mais dando leite. Temos que vendê-la.

— Não! — gritou João.

— E decidi que seu presente de aniversário é a oportunidade de se tornar um homem responsável por si mesmo: levá-la ao mercado sozinho e vendê-la.

— Não quero vender a Leitosa!

O rosto do pai de João se fechou.

— Você vai vendê-la — falou o pai de João —, por não menos que cinco moedas de ouro. E fará isso tudo sozinho. Isso provará que você é um homem... um homem responsável por si mesmo.

João apertou o maxilar. *Eu serei um homem responsável por mim mesmo*, pensou.

— Feliz aniversário — disse o pai.

O sol começava a se filtrar pelos pinheiros, e um galo cantava com toda a força numa fazenda próxima, e as margaridas e urzes farfalhavam no vento enquanto João levava Leitosa das terras de seu pai na direção da estrada. Ele estava levando Leitosa ao mercado sozinho.

João e a vaca andaram e andaram e andaram e andaram e andaram. Leitosa arriava no chão de vez em quando, o que deixava João triste, mas ele apenas dizia a si mesmo:

— Hoje você se tornará um homem responsável por si mesmo. Feliz aniversário. Hoje você se tornará um homem responsável por si mesmo. Feliz aniversário. Hoje você se tornará um homem responsável por si mesmo...

Enquanto João se aproximava da cidade, ele viu muitas pessoas na estrada: uma mulher rodeada por gansos, que grasnavam e batiam as asas; um homem com as costas tortas, carregando cabos de vassouras tão tortos quanto ele; um vendedor carregando peles marrons duras, que estalavam a cada passo.

Enquanto o vendedor passava, ele olhou para Leitosa. Diminuiu o passo. E acenou com a cabeça para João.

O pequeno João viu o que ele estava carregando e virou a cabeça rapidamente.

Era *couro de vaca*.

O vendedor deu de ombros e seguiu andando.

João continuou a caminhar na direção do mercado. Depois de um tempo, ele ouviu em som estranho vindo de trás. Era como chocalhos, pancadas e gritos ao mesmo tempo. O som vinha da estrada. João se virou e olhou.

Ele conseguiu ver apenas uma nuvem de poeira. Mas ouvia os gritos mais claramente agora:

— *Poções, elixires, óleo de cobra, gim!*

"Conte-me o que o aflige e me dê um min...uto"

Então, da nuvem de poeira, saiu uma carroça caindo aos pedaços, com cartazes desbotados e garrafas de vidro chacoalhando em uma centena de pequenas prateleiras.

— *Poções, elixires, óleo de cobra, gim!*

"Conte-me o que o aflige e me dê um min...uto"

João se virou e olhou fixamente para aquela carroça maltrapilha. No banco do condutor vinha sentado um homem ensebado, com um longo rabo de cavalo preto. Ele vestia uma camisa floral bufante, desbotada pelo sol e pela poeira da estrada. Seu rosto era redondo como o de um bebê, e seus olhos, azuis pálidos.

— *Poções, elixires, óleo de cobra, gim!*

"Conte-me o que o aflige e me dê um min...uto"

Ele não é muito bom com rimas, pensou João.

Nesse momento João viu, atrás da carroça, um grupo de garotos da aldeia, apontando e rindo. Eles cantavam:

— *Poções! Elixires! Óleo de cobra! Xixi!*

"Negocie com esse maluco e seu dinheiro vai sumir!"

Assim é melhor, pensou João.

Então João viu quem liderava o bando de crianças que cantavam e zombavam. Maria.

— *Poções! Elixires! Óleo de cobra! Xixi!*

"Negocie com esse maluco e seu dinheiro vai sumir!"

Os garotos riam e riam, e Maria jogava a cabeça para trás e gritava a plenos pulmões. O homem na carroça não parecia notar.

A enorme carroça sacolejante parou ao lado de João e Leitosa, e o homem inclinou o corpo para fora. Ele sorriu para João. Não tinha vários dentes:

— Você não está vendendo essa vaca, está?

João fez que não com a cabeça.

Mas o homem sorriu:

— Quanto você está pedindo?

Os garotos pararam de cantar. João podia sentir o olhar de Maria sobre ele.

Seja responsável por si mesmo, pensou João. E falou:

— Cinco moedas de ouro.

Os garotos começaram a rir.

— Por esse saco de ossos? — berrou Maria.

O homem de rabo de cavalo saltou de sua carroça. Ele deu um tapa no lombo de Leitosa.

— Ela ainda dá leite?

— Não — respondeu João.

Depois pensou, *Eu provavelmente deveria ter dito sim.*

— Humm. Nada de leite. Magra como uma vassoura velha. E um couro desse não vale meia moeda. — Ele sorriu para o pequeno João. — Vou lhe dizer o que farei. Ninguém no mercado pagará um vintém por essa vaca. Ela custará mais para ser alimentada do que vai produzir; é por isso que você a está vendendo, imagino. — O homem olhou para João como quem sabe das coisas.

João deu de ombros.

— Foi o que pensei — falou o homem, olhando de soslaio, com seu sorriso banguela. — Por isso vou lhe oferecer uma troca. Uma boa troca.

João se segurou no pescoço da vaca e estreitou os olhos. Maria e as outras crianças se aproximaram, sorrindo entre si.

O homem anunciou:

— Eu trocarei meu melhor feijão mágico por essa pobre besta.

Houve um silêncio na longa estrada empoeirada.

Então alguém reprimiu uma risada.

O homem se inclinou sobre João e disse:

— Vou lhe falar uma coisa: essa semente produzirá um pé de feijão que crescerá até o céu. Tudo o que você precisa fazer é plantá-la e cuidar dela.

Um dos garotos da aldeia riu com vontade.

João estava prestes a dizer não ao homem... quando Maria falou:

— Não é um mau negócio.

João girou a cabeça na direção dele.

Os outros garotos também o olharam fixamente.

— Não — insistiu Maria. — Sério. A maior parte das coisas que ele vende é lixo. Mas esses feijões... esses feijões são especiais.

João se sentiu repentinamente confuso. Ele olhou novamente para o homem. Em sua mão coberta de poeira estava um único feijão-branco.

— Parece um feijão comum — falou João.

Maria riu:

— É preciso um homem de verdade para cuidar de um feijão como esse. — Ele se virou para o vendedor. — Você disse até o céu, não?

O homem respondeu:

— Isso mesmo.

João perguntou a Maria:

— Você acha que eu deveria comprá-lo?

— Não sei se você é capaz de cuidar dele — respondeu Maria.

— Ah, claro que sou.

— Eu ficaria impressionado. Mas duvido.

João passou a corda de Leitosa ao vendedor. Então esticou a mão. O homem pôs o feijão dentro dela. Ele sorriu com seu rosto redondo de bebê e piscou um olho pálido para João. Depois subiu em sua carroça, chicoteou seu cavalo e saiu chacoalhando na direção da cidade, com Leitosa seguindo atrás.

João observou enquanto eles se afastavam. Em seguida se virou, radiante, para Maria.

Maria sorriu para ele; logo soltou uma gargalhada ruidosa.

O sorriso de João desapareceu.

Os outros garotos se juntaram a Maria em sua histeria. Eles batiam nos joelhos, rindo tanto que sentiram vontade de chorar.

Os garotos da vila haviam decidido seguir João em vez do homem da carroça.

— *João levou uma vaca à feira do mercadinho...* — cantavam eles.

O rosto de João estava duro e sério enquanto ele caminhava na direção de casa. Trilhas de lágrimas enlameadas desciam pelas duas bochechas.

— *João levou uma vaca à feira do mercadinho,*

"Encontrou um trapaceiro no meio do caminho!"

Ele tinha perseguido o homem da carroça e lhe pedido para desfazer a troca. O homem riu dele a princípio, então acertou João com seu chicote.

— *João levou uma vaca à feira do mercadinho,*

"Encontrou um trapaceiro no meio do caminho!

O garoto mais burro de toda a região,

Trocou sua vaca por um feijão!"

João olhou por cima do ombro. Maria liderava as outras crianças na cantoria, balançando os dedos para a frente e para trás a fim de manter o ritmo. João limpou os olhos com a manga da camisa e correu para casa.

O pai de João não escutou sua história. Ele olhou uma vez para o feijão na mão do menininho, gritou a plenos pulmões uma palavra que não posso publicar aqui, então arremessou o feijão pela janela. João saiu correndo para procurá-lo.

Ele engatinhou pelo jardim, os olhos transbordando de lágrimas.

Dentro da casa, seu pai batia portas, esmurrava armários e ocasionalmente gritava aquela palavra que não posso publicar.

Quando o sol mergulhava no horizonte, João finalmente encontrou o feijão. Ele se sentou ao lado dele e observou o céu se iluminar com uma centena de cores. Roxos e vermelhos e laranja que não tinham nome, até onde João sabia. Ele se sentia como se estivesse sendo queimado por elas. Mal conseguia respirar. Toda vez que o pai batia mais uma porta, ele tremia.

Feliz aniversário, pensou ele. *Hoje você poderia ter se transformado num homem responsável por si mesmo.*

Nesse momento, na beira da propriedade do pai, João viu uma pequena forma subir a montanha. Ela vinha em sua direção lentamente, se arrastando. João observou enquanto se aproximava. Parecia ser um caroço marrom, com dois pés humanos sujos saindo por baixo. Ela caminhou exatamente na direção de onde João estava sentado.

— Olá — falou João. — O que é você?

— Sua prima — respondeu o caroço. — Bobalhão.

E o caroço se sentou na grama ao lado de João. Ele começou a mudar. O marrom desapareceu de sua cabeça; era na verdade apenas um cobertor imundo, João podia ver agora. Jill, também imunda (mas, devo acrescentar, agora usando roupas), estava escondida debaixo dele. Sorriu para ele timidamente.

— Tive um dia horrível — disse ela.

João sorriu com os lábios franzidos.

— Eu também — respondeu ele. — Foi meu aniversário.

— Foi o meio aniversário de minha mãe.

— Eu me meti numa enrascada. Muito séria.

— Eu também.

— O que você fez?

— Desfilei nua na frente de todo o reino.

João tentou reprimir uma risada.

— Ei! — ralhou Jill.

— Por que você fez isso?

Jill deu de ombros. Então perguntou:

— O que *você* fez?

— Troquei a Leitosa por um feijão.

Jill soltou uma gargalhada.

— O feijão é mágico — insistiu João. — Quer ver?

Ele estendeu a mão com o feijão. A lua o iluminou. Realmente parecia mágico.

— Não é mágico — disse Jill.

João olhou para o vegetal.

— Não — falou ele. — Acho que não.

De repente, dentro da casa, o pai de João esmurrou algo e novamente gritou aquela palavra que ainda não vou publicar. Jill passou o braço em volta dos ombros de João. Ele retornou o favor.

Além de serem primos, vocês podem ver, João e Jill eram melhores amigos. Toda vez que um visitava o outro, eles brincavam de jogos imaginários e contavam histórias e inventavam piadas idiotas juntos. E, de vez em quando, se realmente precisavam, eles passavam o braço em volta dos ombros do outro.

— Ah, quero apresentá-lo a alguém — disse Jill.

Ela enfiou a mão dentro de seu cobertor marrom e tirou um sapo.

— Ohh! — gritou João. — Um sapão gordo! — E segurou o sapo, levantando-o no alto.

Jill tentou impedi-lo, mas João estava muito animado.

— Ele é grande e é gordo e só tem três patas!

Então Jill falou:

— João, acho que ele está fazendo xixi em você.

João gritou e soltou o sapo. A menina olhou para o anfíbio rechonchudo no solo.

— Sinto muito, Sapo — falou ela.

— Está tudo bem — respondeu ele. — Meninos são assim mesmo.

João olhou fixamente para o sapo, então para Jill, então novamente para o sapo.

— Ele falou? — perguntou João. — E você acabou de se desculpar com *ele*? Ele fez xixi em mim!

— Sim — respondeu Jill. — Você não deveria ser tão bruto com ele.

O sapo sorriu para Jill e falou, muito simplesmente:

— Obrigado.

João olhou para o sapo com a boca aberta. Depois de algum tempo, disse:

— Isso é incrível.

— Viu? — falou ela para o sapo. — Eu disse que ele ia gostar de você.

— Nesse caso — disse o sapo —, João, sinto muito por ter feito xixi em você. Nós, sapos, não temos muitas defesas, sabe.

O menino riu e ofereceu um sorriso meio amarelo.

— Está tudo bem — respondeu ele. — Meninos também não têm.

E, imediatamente, os três se tornaram amigos.

E, se o dia tivesse acabado ali, teria sido de fato um dia extremamente agitado.

Mas não acabou ali.

Se tivesse, muito sofrimento, muito derramamento de sangue e muitas lágrimas teriam sido evitados.

Na verdade, se vocês são o tipo de pessoa que não gosta de ler sobre sofrimento, derramamento de sangue e lágrimas, por que não fingem que o dia acabou ali e fecham o livro agora mesmo?

Por outro lado, se vocês são o tipo de pessoa que gosta de ler sobre sofrimento, derramamento de sangue e lágrimas... bem, posso perguntar educadamente:

— O que há de errado com vocês?

Naquele exato instante, do limite das terras do pai de João, veio um som de farfalhar nas árvores. João e Jill e o sapo se viraram na direção do barulho e, simultaneamente, tremeram.

Parada na divisa da propriedade estava uma pequena mulher, não mais alta que uma criança. Sua postura era curvada, e seus cabelos, finos e brancos. Mas o rosto era tão liso quanto o de um bebê e os olhos pálidos brilhavam no crepúsculo sombrio. Enquanto ela caminhava na direção das crianças (e do sapo), tanto João quanto Jill tiveram a sensação estranha de tê-la reconhecido. Embora nenhum dos dois pudesse realmente saber de onde.

O sapo sussurrou:

— Tem uma velha esquisita andando em nossa direção. — E se enfiou no cobertor de Jill.

Quando a velha parou bem ao lado deles, ainda não tinha falado uma palavra. Um vento soprou de repente, e sua capa fina tremulou. João percebeu como tinha ficado escuro. Jill sentiu frio.

O sapo sussurrou:

— Agora tem uma velha esquisita parada ao nosso lado.

A velha esquisita falou:

— Tiveram um dia difícil? — perguntou ela. A voz não combinava com o corpo. Era aguda, leve e cantada, quase como a de uma criança.

João e Jill olharam para ela, em silêncio, hipnotizados.

O sapo sussurrou:

— Agora tem uma velha esquisita falando com vocês.

João olhou para o rosto estranho e infantil:

— Quem é você?

— Nós temos muitos nomes — disse a velha senhora. O vento soprou mais forte.

— Nós?

— E sabemos muitas coisas. Especialmente sobre as crianças daqui. Você poderia dizer que é nosso trabalho.

— Trabalho de quem? — perguntou João.

A velha senhora abaixou o rosto, emparelhando-o ao das crianças. Seus pálidos olhos azuis brilhavam.

— Nosso — respondeu ela. E então: — Gostaríamos de fazer algo por vocês.

Jill perguntou:

— O quê?

— Gostaríamos de mudar suas vidas completamente.

O sapo sussurrou:

— Agora tem uma velha esquisita me assustando um bocado.

Mas João perguntou:

— Você quer mudar nossas vidas?

— Sim, João. E se todo mundo gostasse de você e o admirasse? Especialmente aquele garoto alto. Qual é o nome dele?

— Maria — respondeu João.

— Sim. Maria o admiraria. Melhor ainda, gostaria de você. Ele e o mundo todo realmente e verdadeiramente gostariam de você.

Houve uma pausa. Grilos cantavam na escuridão. Finalmente, João perguntou:

— Você pode fazer isso?

— Com certeza posso — respondeu a velha senhora.

Jill apertou os olhos, desconfiada.

— E você, querida? — A velha senhora sorriu para ela. — Que tal a transformarmos na menina mais linda do reino? Isso a agradaria?

Jill prendeu a respiração.

— Ela? Linda? Não é possível — disse João.

Jill bateu nele.

A velha deu uma risada. A escuridão estava ficando mais pesada, mas seus olhos pálidos brilhavam ainda mais.

Jill olhou de João para a senhora. Finalmente, a menininha falou:

— Você não pode realmente...

— Ah, eu posso, minha querida. Se você desejar. Você deseja?

Jill olhou de relance para João outra vez e assentiu impetuosamente. Mesmo depois da seda e da procissão, ela desejava aquilo. Mais que tudo.

— Bom — disse a velha mulher. — Vocês não se arrependerão. Agora, antes que lhes concedamos esses dons, antes de mudarmos completamente suas vidas, vocês precisam concordar em fazer algo por nós em troca. Nada muito oneroso. Um pequeno favor. Apenas para ficarmos quites.

Nesse momento, sob o encanto das palavras da velha, João e Jill teriam concordado com qualquer coisa.

— Apenas precisamos que vocês nos tragam um objeto.

— Um objeto? — perguntou Jill.

— Isso é fácil — respondeu João. — Onde ele está?

— Bem — falou a velha senhora. — Está perdido. Está perdido há algum tempo já. Mas, se vocês forem capazes de encontrá-lo, João, faremos com que você seja admirado, e Jill, a transformaremos na beldade do reino.

— Você jura? — perguntou João.

O sorriso da velha senhora se alargou em seu rosto largo e liso.

— Juro pela minha própria vida — disse ela. — Agora vocês vão jurar pelas suas vidas que nos trarão esse objeto?

— Certo — falou João.

A senhora olhou para Jill:

— E você?

— Não faça isso! — sussurrou o sapo de dentro do cobertor.

Jill hesitou.

A mulher, com uma voz grave como o vento, disse:

— Se você jurar que vai trazer esse objeto, juro que vou torná-la tão linda quanto já sonhou ser.

Então Jill respondeu:

— Certo.

A senhora virou seus olhos pálidos e brilhantes para João:

— Agora, meu garoto, você pode me dar aquele feijão?

— Como você sabia sobre...? — gaguejou João.

A senhora sorriu e esticou a mão. João, olhando para ela cuidadosamente, colocou o feijão na palma enrugada. O feijão brilhava à luz branca como osso da lua.

— Mostrem seus polegares — disse a velha senhora.

João e Jill esticaram seus polegares. A velha arrancou um fio de seus finos cabelos prateados. Então pegou a ponta e furou o dedo de Jill. Ela se encolheu. Uma gota de sangue apareceu. A velha fez o mesmo com João. Então consigo mesma.

Então ela pegou um punhado de terra do solo com longas unhas duras e posicionou o feijão-branco, ainda cintilando sob o luar, na terra. Esticou o polegar sobre o feijão. Então gesticulou para que as duas crianças fizessem o mesmo. Elas fizeram.

— Eu juro por minha vida — disse ela.

— Eu juro por minha vida — fala João.

— Eu juro por minha vida — repete Jill.

Três gotas de sangue pingaram sobre o feijão-branco. Então ela cobriu o feijão novamente com a terra preta.

— Assim que eu for embora — falou ela —, esse pé de feijão crescerá até o céu.

— O quê? — perguntou João.

— E quando ele crescer — continuou ela, sorrindo —, vocês devem escalá-lo.

— Por quê? — protestou Jill.

— Para encontrar o objeto!

— Sua coisa está no céu? — perguntou João.

— Não é uma coisa — corrigiu a velha senhora. — É um objeto. Um espelho. Na verdade, ele é chamado de Espelho Mágico e é muito antigo e muito importante. Na verdade, pode ser o espelho mais poderoso da história do mundo.

João e Jill olharam para a velha, como se talvez ela fosse um pouco insana.

Então Jill perguntou:

— E ele está no céu?

A senhora, para grande surpresa das crianças, riu:

— Não sei! Está perdido há mil anos!

— O quê? — gritou João. — E se não conseguirmos encontrá-lo?

— Vocês juraram por suas *vidas* — respondeu ela. — Se não conseguirem encontrá-lo, morrerão.

— O quê? — gritou João novamente.

— O quê? — repetiu Jill.

— O quê? — gritou o sapo de dentro do cobertor de Jill.

— O que vocês acham que *jurar por suas vidas* significa!? — exclamou a velha senhora. — Tolinhos. — Ela sorriu para eles docemente. — Encontrem o Espelho Mágico, ou morrerão. E agora, adeus!

E, sem dizer mais nenhuma palavra, partiu na direção das árvores; e desapareceu.

O sapo colocou a cabeça para fora do cobertor e olhou para as crianças.

— Isso — disse ele — foi burrice.

CAPÍTULO QUATRO

O Matador de Gigantes

Era uma vez um pé de feijão.

Começou como um broto minúsculo, saindo da terra preta onde o feijão tinha sido plantado, tenro e verde ao luar brilhante. Depois virou uma planta, pequena, porém robusta. Então ficou do tamanho de uma árvore jovem.

Tudo numa questão de segundos.

Logo, o pé de feijão era tão grosso e alto quanto um carvalho. E continuava a crescer e crescer. Galhos espessos começaram a brotar de seu tronco, separados por cerca de um metro, se contorcendo até o alto em volta do enorme caule verde.

Um menininho chamado João olhou para uma menininha chamada Jill.

— Não faça isso — advertiu um sapo de três pernas chamado Sapo. — Nem pense nisso.

João se segurou em um galho espesso e impulsionou-se para cima. O galho suportou seu peso facilmente. Acima dele, o pé de feijão subia e subia e subia, até eles não conseguirem mais ver.

— Vamos lá — falou João. — Vamos encontrar o espelho daquela velha maluca.

— Cui-dado... cui-dado... cuidado... cuidado... cuidado, cuidado... cuidado cuidado... cuidadocuidadocuidado... PRESTE ATENÇÃO!

Jill segurou o broto logo acima da sua cabeça e subiu. O sapo se segurava desesperadamente no cobertor marrom, olhando para baixo na direção do pequeno ponto que costumava se parecer com a casa de João. O sol estava começando a nascer, espalhando seus raios amarelos sobre o horizonte enevoado abaixo. Jill esticou a mão para segurar o próximo broto.

— Cui-dado... cui-dado... cuidado... cuidado... cuidado, cuidado... cuidado cuidado... cuidadocuidadocuidado... PRESTE ATENÇÃO!

Jill os levou até o próximo broto e olhou para o sapo. Suas palavras estavam muito entrecortadas quando ela falou:

— Se você não calar a boca, vou deixá-lo cair.

— Certo — respondeu o sapo. — Sinto muito — disse o sapo. — Tudo bem — falou o sapo, tentando respirar.

— Por que você não olha para cima? — sugeriu Jill. — Em vez de para baixo?

— Para cima? Para cima! Sim — concordou o sapo. — Olhar para cima. — Ele olhou para cima. Então olhou de relance para os campos verdes abaixo, a pequena casa, os pontinhos de gado ao longe. — Cui-dado... cui-dado...

Jill cerrou os dentes e se concentrou em não arremessar o sapo para a morte certa.

João estava suando, apesar de o ar estar muito mais frio ali em cima que no solo. Ele olhou para baixo na direção de Jill, e então muito mais para baixo, para as construções de sua aldeia. Pareciam minúsculas. Tão minúsculas. Ele passou os olhos pela paisagem em miniatura. O castelo estava bem ao longe, pequenos torreões se erguendo como um forte de pão de gengibre. Havia faixas de densa floresta, cobertas por um nevoeiro, com rios brilhantes serpenteando entre elas. Ele respirou fundo.

Ele tinha razão. O feijão era mágico. Os garotos estavam errados quando riram dele. Maria estava errado. João se virou e olhou para a barriga de nuvens brancas sobre sua cabeça.

— Onde isso acaba? — gritou Jill, mais de baixo.

— Você está cansada? — berrou João de volta.

— Cansada desse sapo tendo um ataque cardíaco toda vez que estico o braço para alcançar o próximo galho.

— Cuidadocuidadocuidadocuidado...

João apontou para as nuvens:

— Não sei. Talvez ali em cima?

Jill fez que sim com a cabeça.

A cobertura de nuvens espessas acima deles parecia ficar cada vez maior enquanto eles escalavam. João se aproximava da barriga do céu, e borrifos de água cobriam seu rosto, deixando trilhas de orvalho em suas bochechas e seu pescoço.

Vapor d'água começou a entupir seus pulmões. João sentia como se estivesse sufocando. Jill fazia força para respirar. Mais alguns metros, e eles não podiam ver nada. Cinza e mais cinza à sua volta, como se essa parte do mundo não tivesse absolutamente nenhuma cor, apenas uma umidade tímida e um frio cortante e um balanço para a frente e para trás, para a frente e para trás.

— Não consigo ver! — gritou o sapo. — Não consigo ver, e está frio e está úmido, e não consigo ver! Não consigo ver e não quero MORRER!

Os dentes de Jill batiam.

— Sapo — falou ela —, fique quieto. Por favor.

— Nós vamos morrer, nós vamos morrer, nósvamosmorrernósvamos... — repetia o sapo.

O cinza ao redor estava ficando menos cinza e mais branco. O frio não era tão frio, a umidade não era tão úmida. Enquanto subia e subia, de repente, João sentiu um calor inesperado em seu rosto, como se estivesse se aproximando do fogão em sua cozinha. O cinza agora era todo branco, e o branco se tornava cada vez mais etéreo.

Então a cabeça de João emergiu de dentro das nuvens.

Ele tomou um susto.

João não piscou enquanto subia até o próximo galho, nem enquanto esticava o braço sobre o cobertor de nuvens que o cercava, nem mesmo quando descobriu que as nuvens *suportavam seu peso*. Ele não piscou nenhuma vez. Apenas olhou fixamente.

Atrás dele, Jill se ergueu sobre as nuvens, os braços tremendo por causa da força, o suor escorrendo pelo rosto. Ela fez um último esforço, então seu corpo estava sobre o nível das nuvens.

Ela viu João, de pé sobre as nuvens. Em seguida percebeu para o que João olhava tão fixamente.

— *Oh*... — falou ela.

Se esticando até muito longe, estava uma fila de enormes penhascos brancos, ondulando para dentro e para fora, diante de uma extensão infinita do mais puro e profundo azul que ela poderia ter imaginado. Os penhascos brancos, de milhares de metros de altura, eram cobertos por tufos verdes de grama alta. Abaixo dos penhascos, entre eles e o puro céu azul, corria uma longa e lisa praia de nuvem, contra a qual o azul do céu gentilmente batia como ondas.

Jill olhou para a praia perfeita de céu branco e se sentiu tonta. Ela se estendia, literalmente, até o infinito.

João, Jill e o sapo ajoelharam entre as nuvens. Eles tinham caminhado por uma hora pela margem do céu, maravilhados com a estranheza de tudo aquilo. Mas logo pararam, pois tinham chegado a algo ainda mais estranho.

Bem diante deles, homens enormes se socavam, repetidamente, no rosto.

— O que eles estão fazendo? — sussurrou Jill.

Um enorme homem gordo e barbado cerrou o punho, pegou impulso e arrancou os dentes da boca de outro enorme homem gordo e barbado.

O enorme homem gordo e barbado que tinha ficado sem dentes cambaleou por alguns momentos, limpou o sangue da boca, cerrou o punho, pegou impulso e retribuiu o favor.

Isso continuou por vários minutos. As crianças assistiam, horrorizadas.

— Eles parecem enormes — sussurrou João, apavorado.

— Gigantescos... — concordou Jill.

— Não gigantescos — sussurrou o sapo. — *Gigantes.* Eles são *gigantes.*

Nenhuma das duas crianças perguntou como o sapo sabia daquilo, pois, assim que ele falou, elas sentiram que era verdade.

— Vou até lá falar com eles — sussurrou João.

— O QUÊ? — gritou o sapo.

— *O quê?* — perguntou Jill, não tão alto quanto o sapo.

— Talvez eles queiram ser meus amigos — murmurou João.

Jill e o sapo olharam para João como se ele fosse louco. Eles estavam prontos para lhe dizer aquilo, na verdade, quando o menino se levantou e começou a andar na direção dos gigantes.

— João! — cuspiu Jill. — Pare!

— Volte! — gritou o sapo.

Mas João já caminhava na direção dos gigantes, como se em transe.

Ele não tinha se aproximado mais que alguns passos, no entanto, quando os gigantes repentinamente limparam os rostos ensanguentados nas mangas da camisa, se viraram e seguiram juntos por uma escadaria branca, alta e fina, que levava diretamente a um buraco na encosta dos desfiladeiros. Em questão de segundos, tinham desaparecido.

João correu atrás deles. Jill, relutantemente, pegou o sapo e o seguiu.

O pequeno João se viu na base da escadaria alta e estreita que levava ao interior do desfiladeiro. Ele podia ver, no topo, uma porta redonda. Sobre ela havia letras douradas que formavam a mensagem, A CAVERNA DE HERÓIS. Diante da porta estava um gigante alto e magro, com rosto fino, barba longa e camisa de malha de metal.

João olhou para ele.

— Olá? — gritou ele.

O gigante alto e magro não se moveu.

— Posso subir? — gritou João novamente.

Jill chegou ao seu lado:

— *João!* — sussurrou ela. — *O que você está fazendo?*

Mas João estava olhando fixamente para a escadaria estreita que subia.

João subiu o primeiro degrau. O céu repentinamente tremeu com a voz tonitruante do gigante magro.

Para entrar aqui tens que ser forte,
e fazer o que ninguém mais faz:
Entre em nossa caverna da morte
E nos olhos do medo olharás.

O pequeno João balançou a cabeça.

— Eu sou forte! — gritou ele para o gigante.

Jill falou:

— João! Fique quieto!

Mas João subiu mais um degrau.

Em resposta, o guarda gigante bradou:

Um bando para heróis apenas —
Mas junte-se a nós se és forte! Tenta!
Muitos antes já tentaram, também,
E cada um teve uma morte violenta.

— Posso fazer isso — respondeu João.

— VOCÊ É LOUCO? — gritou o sapo. Ele olhou para Jill.

— Seu primo tem algum problema ou algo assim?

João subiu mais um degrau da escada.

Novamente, o guarda berrou para o céu:

Quem vai se curvar à nossa gente?
Quem vai se entregar de forma afável?
Quem vai confiar tão cegamente
Em nosso bando inseparável?

— Eu vou! — gritou João.

— O que você está fazendo?! — exclamou Jill, segurando o primo pela manga da camisa. Mas João puxou o braço e subiu mais um degrau da escadaria. Depois outro. Então outro. Subiu, subiu e subiu, até estar parado diretamente em frente ao gigante. João chegava à metade de sua coxa.

— O que ele está pensando? — sussurrou o sapo, observando com terror desesperado.

Jill conseguia apenas balançar a cabeça.

Vocês têm alguma ideia no que João está pensando agora?

Não?

Nem eu.

Mas, obviamente, quando eu tinha a idade de João e via pessoas que considerava gigantes, eu também nunca entendia metade das coisas que eu fazia.

—

De repente, o guarda gigante e magro pareceu notar João. Ele berrou:

— Quem se oferece para provar o medo e sentir a morte?

— Eu me ofereço — respondeu João, com sua voz mais corajosa. — Eu. João.

Jill e o sapo só conseguiam observar, horrorizados.

— João, você se sujeitará ao medo?

João engoliu em seco:

— Sim — disse ele.

— Você entrará para o bando e nunca fugirá, mesmo diante da morte?

João respirou fundo. Jill o encarou.

Ele olhou para o rosto longo do gigante, sua barba grisalha, seus olhos mortos.

Por favor, pensou Jill. *Não faça isso.*

— Sim — falou João.

— Então entre — disse o guarda. E acompanhou João até o interior do enorme desfiladeiro branco.

João estava de pé num grande salão que fedia a suor de homens enormes. As paredes eram cobertas de tapeçarias que mostravam gigantes matando dragões e gigantes destruindo cidades e gigantes fugindo com donzelas em perigo. No centro do salão ficava uma enorme mesa redonda. Sentadas à mesa, duas dúzias de gigantes.

— Muito bem, o que temos aqui? — berrou um dos gigantes, se levantando. Ele trazia uma fina coroa dourada sobre a enorme cabeça despenteada. Tinha uma comprida barba castanha, pequenos dentes em gengivas roxas (alguns dos quais, João podia ver, tinham sido recentemente arrancados) e diminutos olhos que piscavam. Ele e todos os outros gigantes sentados em volta da mesa encaravam curiosamente João.

— O garoto, João, o Pequeno, pediu para se juntar ao bando — anunciou o guarda gigante e magro.

— Maravilha! — berrou aquele que usava a coroa. — E aquela ali? — perguntou ele, e sacudiu dedos grossos como salsichas na direção da porta.

João se virou. Parada no topo da escadaria, ofegante e observando atentamente, estava Jill.

— Ela seguiu João, o Pequeno, pela escadaria — respondeu o guarda.

— Aquela é Jill — falou João. — Minha prima. — E sorriu para ela.

Vou matar esse garoto, pensou Jill.

— Maravilha! — berrou o gigante coroado, em êxtase. (Gigantes estão sempre berrando; algo que eles fazem às vezes com êxtase, e outras de forma sombria, e outras arrogantemente; é simplesmente muito difícil não berrar quando se é um gigante. Vocês entendem.) Todos os outros gigantes bateram na mesa com os punhos poderosos. — Sejam bem-vindos! Eu sou o Rei Aitheantas. E esses são os gigantes da Caverna de Heróis.

Ele apontou com os enormes dedos de salsicha para cada um e disse seus nomes. João não guardou muitos deles. O guarda se chamava Meas. Havia um que era enormemente gordo, chamado Brod, cuja barriga caía sobre o cinto em ondas trêmulas. E um magrelo com aparência jovem e dentes frontais grandes, que o Rei Aitheantas chamava de Bucky. Bucky sorriu para João. João retribuiu o sorriso.

— Agora — berrou o rei —, você se pergunta o que gigantes como nós podem querer com um pigmeu como você?

Na verdade, João não tinha se perguntado aquilo. Mas Jill falou:

— Sim.

O rei anunciou:

— Não julgamos coragem pelo tamanho, julgamos?

— Não! — berraram os gigantes. João sorriu. Bucky lhe deu um "joinha".

Sim, o "joinha" existia na época do Era uma vez. Hoje em dia ele significa "bom trabalho" ou "está tudo certo por mim". Naquela época, o gesto normalmente significava "meus amigos não vão te matar".

— Mas devemos saber — continuou o Rei Aitheantas — se você é corajoso. Você deve passar por testes penosos para que possamos deixá-lo se juntar ao bando.

João respondeu:

— Eu passarei.

— O que acontece se ele não passar? — perguntou Jill.

O Rei Aitheantas ergueu as sobrancelhas para Meas, o guarda, que berrou arrogantemente:

— Ele morre. E você também. Os segredos do bando não podem ser revelados ao mundo!

Dentro do cobertor de Jill, o sapo desmaiou.

— Primeiro teste, arremesso de pedregulho! — berrou o Rei Aitheantas.

— Oba! — berrou o resto dos gigantes.

Meas saiu do salão para buscar os pedregulhos.

Os gigantes se levantaram de suas cadeiras e se juntaram em volta de João, cumprimentando-o calorosamente. Eles apertaram sua mão, lhe deram tapas nas costas e as boas-vindas ao bando.

— Ele ainda não é um membro! — advertiu Aitheantas.

— Uma formalidade! Uma formalidade! — berrou um deles, com um sorriso, batendo nas costas de João até ele tombar para a frente.

Os cabelos dos gigantes eram compridos e embaraçados, e alguns tinham barba e grande bigode, enquanto outros tinham o rosto liso. Todos possuíam nariz grande e lábios brutos e pequenos olhos apertados. Eles piscavam muito, como se sua visão fosse fraca.

Brod, o gordão, gritou:

— Mostre-nos seu muque!

João obedeceu, e Brod riu e lhe deu um tapa nas costas, derrubando-o mais uma vez. Bucky escutou um sussurro conspiratório e contou uma piada a João, e os dois riram, apesar de João não ter entendido a piada. Bucky sorriu para João e apontou para ele. João sorriu e apontou de volta.

Logo, todos os gigantes estavam sorrindo para ele:

— Você se sairá bem! — berravam.

— Ótimo! É um pigmeu muito impressionante, afinal de contas!

E, de repente, João não se sentia mais tanto como um pigmeu. Ele se sentia, na verdade, como sempre desejou se sentir entre Maria e os garotos, e nunca conseguira.

Ele se virou e sorriu para Jill.

Mas a pequena Jill tinha cruzado os braços e observava a cena com a testa franzida. João achou que conseguia ver o sapo, escondido debaixo do cobertor, tremendo.

Então todos os gigantes se moveram para um lado, e João viu que Meas havia posicionado três pedregulhos no centro do salão. Não pedregulhos quaisquer. Pedregulhos enormes. Pedregulhos monstruosos. Pedregulhos que tinham praticamente o tamanho da casa de João, posicionados ali no centro do enorme salão. Os olhos de João saltaram da cabeça.

— Não é tão ruim, não é mesmo? — berrou Bucky.

João olhou rapidamente para Jill. Ela balançou a cabeça como se dissesse, "eu te disse".

Um gigante com braços grossos e musculosos caminhou até o primeiro pedregulho, dobrou os joelhos, enfiou as enormes mãos carnudas debaixo da pedra gigantesca e a lançou para cima. O pedregulho ganhou altura, subindo 10 metros acima da cabeça do gigante, então caiu de volta no chão com um estrondo ensurdecedor.

Os gigantes rugiram em comemoração.

Outro gigante caminhou até o segundo pedregulho. Ele enfiou as enormes mãos grossas debaixo do pedregulho, dobrou os joelhos e o lançou. O pedregulho subiu 15 metros no ar e então bateu novamente no chão, sacudindo todo o salão.

Os gigantes se agitaram com berros animados.

João olhou fixamente para os pedregulhos, em seguida para o rosto dos gigantes à sua volta. Eles sorriam para ele. O garoto engoliu em seco e se aproximou do terceiro pedregulho.

Ele dobrou os joelhos.

Enfiou as mãos debaixo do pedregulho o máximo que conseguiu.

E levantou.

Levantou um pouco mais.

Levantou ainda um pouco mais que aquilo.

O pedregulho, obviamente, não se moveu. Nem um pouco.

Com os braços, as costas e as mãos doendo, João se afastou da enorme pedra e olhou em volta.

Os gigantes não estavam mais sorrindo.

— Vamos lá — falou o Rei Aitheantas. — Jogue-o para o alto.

A garganta de João ficou seca.

— Não consigo — respondeu ele.

— É melhor que consiga — berrou Aitheantas de volta —, ou sua vida será confiscada.

João se encolheu e tentou secar o suor que escorria para dentro de seus olhos.

— O que é que "confiscada" significa mesmo? — perguntou ele.

— Significa que você vai morrer! — bradou Bucky. — Agora levante o pedregulho!

João apressadamente enfiou as mãos debaixo da rocha. Ele dobrou os joelhos. Ele fez força.

E fez força.

E fez força.

Nada.

Quando cambaleou para longe da pedra dessa vez, os gigantes o encaravam de forma ameaçadora:

— Você disse que era corajoso! — berrou Aitheantas.

— Eu sou! — bradou João, sua voz enfraquecendo na garganta. — Apenas não sou forte o suficiente!

— Coragem é força. Força é coragem! Garoto, sua vida é nossa! — bradou Aitheantas.

— Espere! — gritou João. — Espere! Deixe-me tentar novamente! Deixe-me fazer outro teste!

Aitheantas tinha começado a se mover na direção de João. Mas os gritos suplicantes do pequeno menino o fizeram parar. Lentamente, ele falou:

— Devemos deixar que ele tente outro teste?

O salão permaneceu num silêncio mortal. Finalmente, Brod disse:

— Deixe que ele quebre gravetos!

— Oba! — berraram os outros gigantes.

Aitheantas balançou a cabeça:

— Então ele quebrará gravetos. Meas, traga os gravetos.

João suspirou. *Eles me salvaram*, pensou ele. *Eu consigo quebrar alguns gravetos.* E olhou para Jill como se quisesse dizer, “Viu? Eles são meus amigos, afinal de contas”.

Jill o encarou com uma expressão séria e lentamente balançou a cabeça de um lado para o outro.

Quando João viu os gravetos, quase caiu para trás. Eram troncos de árvore. Três troncos de árvore. Amarrados com uma corda grossa e pesada. Meas os depositou no meio do salão e rolou os pedregulhos para fora.

— Vamos lá, garoto! — berrou Aitheantas. — Quebre os gravetos!

João se aproximou relutantemente dos troncos. Ele olhou para aquilo e sussurrou:

— Preciso mesmo?

— Oh, sim — respondeu Aitheantas.

Com uma voz muito fraca, João perguntou:

— Posso apenas desistir agora e ir embora? — Ele parecia estar pronto para começar a chorar.

— Oh, não — disse Aitheantas. O salão estava totalmente silencioso agora. Os pequenos olhos dos gigantes seguiam João de perto.

João esticou os braços e tentou envolvê-los nos troncos das árvores. Eles mal chegavam à metade. Tentou se sentar nos troncos. Não adiantou nada. Ele se levantou e pulou sobre eles. Nem ao menos rangeram.

O cabelo de João estava encharcado de suor, e seus lábios tremiam. O rosto dos gigantes parecia sombrio e terrível.

— Bem — falou Aitheantas —, você conhece as regras.

— Não! — sussurrou João. — Deixe-me viver! Por favor!

— Ah, nós o deixaremos viver — disse Aitheantas.

— Deixarão?

— Sim. Até depois do jantar. Então nós o mataremos e o comeremos como sobremesa.

— OBA! — berraram os gigantes.

João se sentou encolhido num canto, chorando baixinho. O braço de Jill estava em volta de seus pequenos ombros.

— Sinto muito — choramingou ele.

— Em que você estava pensando? — sussurrou o sapo de dentro do cobertor de Jill.

João afundou a cabeça ainda mais em seus braços.

Mas Jill observava os gigantes. Seus olhos se viraram para a porta. Estava trancada e travada. Ela olhou novamente para os gigantes, que tinham barriga enorme, rosto bruto e olhos minúsculos e úmidos.

Eles estavam sentados à volta da mesa enorme. Sobre ela, um banquete de aves: gansos e gaviões, papagaios e águias, esmerilhões e gaios; assados, refogados, cozidos em sangue, picados, chamuscados. Os aromas de carne assada e gordura se espalhavam pelo salão.

Os gigantes pareciam prontos para começar a comer quando Bucky falou:

— Acho que estou tão faminto quanto qualquer gigante já esteve.

Ao ouvir a frase, Brod, o gigante muito gordo, se afastou da mesa e riu:

— Bem, Bucky, isso soa como um desafio a Brod.

E, porque nenhum gigante-herói pode recusar um desafio, Bucky respondeu:

— Se é um teste o que você quer, um teste é o que você terá. Consegue comer mais que eu?

Brod riu e passou a mão na enorme pança.

— Sua barriga é grande — respondeu Bucky —, mas isso apenas significa que tenho mais espaço para crescer!

Os outros gigantes se animaram com as palavras corajosas e bateram na mesa. Mas o Rei Aitheantas falou:

— Bucky, você é café com leite, e, Brod, você é um covarde por desafiar um café com leite. Se conseguir comer mais que eu, *então* eu ficarei impressionado.

— Ou eu! — gritou outro gigante.

— Ou eu! — berrou mais outro.

Logo todo o salão era uma cacofonia de voz de gigantes, todos gritando para participar do desafio. Meas saiu para buscar algo chamado de Bacia do Infinito, pois a mesa coberta de aves não seria mais que um aperitivo num desafio como esse.

Jill olhou para os gigantes clamando pelo desafio. Então tirou o sapo do bolso e o entregou a João.

— Passe seu cinto para mim — disse ela.

— O quê?

— Agora.

Ele olhou para Jill como se ela fosse louca. Mas a menina ainda olhava fixamente para os gigantes. Enquanto ele tirava o cinto, Jill envolveu seu cobertor marrom imundo ao redor do corpo e então pegou o cinto de João, fechando-o tão apertado que ela mal conseguia respirar. João a observou, confuso. Jill levantou o queixo e caminhou até a mesa dos gigantes.

— Com licença — anunciou ela. — Posso aceitar o desafio?

Todos os gigantes se viraram e olharam para ela.

O único som no silêncio repentino foi o de João sussurrando:

— Humm... Jill?

O rosto do Rei Aitheantas se abriu num sorriso largo:

— Muito bem, vejam só! Por que você não disse que ela era a corajosa, João?

O rosto de João ficou vermelho.

Os gigantes rugiram sua aprovação e puxaram uma cadeira para a menininha.

— O que ela está fazendo? — sussurrou o sapo de forma frenética. João balançou a cabeça.

— Coma até explodir — disse Brod a Jill.

— Ou até você explodir — respondeu ela, e todos os gigantes gritaram, bateram na mesa e apontaram para ela seus dedos grossos de salsicha de forma encorajadora.

— Ela é a corajosa!

— É uma vencedora!

— Vamos ver do que a nanica é capaz!

Meas voltou com a Bacia do Infinito. Era uma enorme bacia de madeira que nunca ficava vazia. Infelizmente, ela estava sempre cheia de mingau, e o mingau geralmente tinha um gosto nauseante e queimado, então os gigantes evitavam comê-lo enquanto podiam. Mas apenas a Bacia do Infinito seria páreo para um desafio como esse. Quem comesse a maior quantidade de pratos sem vomitar ganharia. Meas encheu cada prato com carne de ave até que não houvesse mais nenhuma ave sobre a mesa. Então, com uma colher enorme, ele derramou uma quantidade nauseante de mingau sobre a carne. O mingau fumegava e fedia, como se algo estivesse queimando. Brod lambeu os beiços. Jill achou que ia vomitar.

O que vem a seguir é a coisa mais nojenta que já ouvi em qualquer conto que encontrei.

Pensei em cortar toda essa parte neste relato. Fico enjoado só de pensar nisso. Escrever para vocês foi, digamos, uma experiência penosa.

Mas, como prometi lhes contar a verdadeira história de João e Jill, devo incluir o que vem a seguir.

Vocês, no entanto, não têm nenhuma obrigação de realmente *ler*.

— *Dou-lhe uma!* — gritou Aitheantas, e os gigantes pegaram suas colheres. — *Dou-lhe duas!* — bradou ele, e todos os gigantes abaixaram suas colheres e seguraram as bordas de seus pratos. — *Dou-lhe três!* — berrou ele, e todos os gigantes derramaram sua carne e seu mingau pelas goelas. Eles bateram com os pratos na mesa, e Meas encheu tudo novamente num piscar de olhos.

Os gigantes ergueram seus pratos até a boca e derramaram outra porção goela abaixo.

João se virou para Jill. Ela também tinha um segundo prato cheio diante de si. A menina o segurou e começou a despejá-lo sobre a boca aberta. Mas, João notou, a maior parte do mingau não ia para sua boca. Na verdade, nada daquilo ia. Ela parecia estar lambendo tudo, mas, ao observar melhor, João viu que ela despejava aquilo sobre seu rosto. De lá ele escorria, quente e com seu cheiro terrível, por seu pescoço e para dentro do cobertor marrom imundo. Então ela batia seu prato na mesa assim como o resto dos participantes e começava novamente.

Jill derramou outro prato cheio sobre o rosto e para dentro da roupa. Em volta da mesa, gigantes engoliam aquela coisa asquerosa. Apenas Brod parecia estar gostando.

Bam! Mais mingau descendo pela goelas dos gigantes, mais mingau escorrendo pelo pescoço de Jill.

Bam! Bam! Bam! Bam! O mingau agora visivelmente se acumulava no cobertor marrom, se dobrando sobre o cinto de Jill no que parecia a todos com uma barriga sacolejante.

Bam! Bam! Bam! Bam! Bam! Bam!

Jill sorria enquanto derramava mais da gosma nojenta sobre o rosto e o pescoço. Os gigantes, por sua vez, começaram a parecer enjoados.

Bam! Bam! Bam! Bam! Bam! Bam! Bam! Bam!

Depois de vinte porções, Bucky começou a ir mais devagar. *Bam! Bam! Bam! Bam!* Depois de vinte e quatro, ele parecia verdadeiramente verde. *Bam! Bam! Bam! Bam!* Depois de vinte e oito, Bucky se virou e vomitou no chão. O vômito líquido e aveludado se espalhou sobre as lajotas. Seu fedor se espalhou pelo salão e fez João ter ânsias.

— Bucky está fora! — bradou Meas. Os outros gigantes soltaram um grito abafado e continuaram a derramar o mingau lodoso por suas goelas.

Bam! Bam! Bam! Bam! Bam! Bam! Bam! Bam! Bam! Bam! Bam! Bam!

Depois de quarenta porções, dois gigantes se viraram e vomitaram exatamente ao mesmo tempo, os líquidos cheios de pedaços se misturando no chão.

— Goleor e Barraoicht estão fora! — berrou Meas.

Bucky olhava fixamente para Jill.

— Como ela ainda está comendo? — perguntava ele. Mas ninguém o escutava.

Bam! Bam! Bam! Bam! Bam! Bam! Bam! Bam! Bam! Bam! Bam! Bam! Bam! Bam! Bam! Bam!

Agora os gigantes estavam vomitando por todo lado. Pedaços, jorros, grumos de vômito sangrento e gorduroso revestiam as lajotas, as pernas da mesa e as pernas dos gigantes.

— Leithleach fora! — berrou Meas. — Feall fora! Aitheantas fora!

Um a um, cada gigante explodia, como um vulcão de carne rosada parcialmente digerida e mingau cinzento.

O vômito começou a se juntar numa enorme poça debaixo da mesa e então a se espalhar pelo chão, como uma espécie de lago grudento e primitivo. Os gigantes estavam caindo sobre suas cadeiras, cobertos pela gosma marrom gordurosa, grunhindo. Mas Jill continuava a derramar o mingau por seu rosto e pescoço. Brod ainda estava comendo também. Mas tinha começado a ir mais devagar.

Bam... Bam...

Bam...

Plop...

Brod parou com um prato cheio de mingau à sua frente.

— Brod? — perguntou Meas. Todos os gigantes se viraram e olharam para o enorme pedaço de carne conhecido como Brod.

— Uhhhhghhh.

— Você desiste, Brod? — perguntou Meas novamente.

— Uhhhhghhh — disse Brod.

— Bem?

Brod vomitou sobre a mesa.

— Jill é a vencedora! — anunciou Meas.

Jill se levantou em triunfo. João comemorou com entusiasmo. O sapo deu socos no ar dentro do bolso de João.

Os gigantes olhavam para Jill. O cobertor se esticava na maior barriga que qualquer um deles já tinha visto. Maior até mesmo que a de Brod. Ela ficava pendurada sobre o cinto, toda sacolejante e gelatinosa.

Então o silêncio foi quebrado com uma palavra:

— Trapaceira!

Bucky estava apontando para ela, com o rosto vermelho:

— Ela é uma trapaceira!

Aitheantas olhou para ela com uma expressão séria.

— Acredito que ela seja — disse ele.

— Ela não comeu aquele mingau! — falou Bucky. — Ela não poderia ter comido.

— Não acredito que ela poderia ter comido — disse Aitheantas.

Brod vomitou sobre a mesa novamente.

— Vocês não acreditam em mim? — bradou Jill. — Vocês ousam duvidar de mim? — Sua voz era feroz, assustadora. — Vou lhes mostrar a comida em minha barriga se vocês me mostrarem a comida nas suas.

— A maior parte da minha comida está sobre a mesa — disse Brod.

— Desafio todos vocês a me mostrarem a comida na barriga de vocês! — berrou Jill.

Aitheantas se levantou. Um sorriso malicioso se estendia sobre seus lábios.

— Se você, minha pequena nanica, puder nos mostrar a comida em sua barriga, podemos lhe mostrar a comida nas nossas.

Jill se virou para Meas. De forma muito lenta e muito clara, ela falou:

— Traga-nos facas.

Não acredito que alguém esteja lendo agora. Suponho que todos pularam para o próximo capítulo. Espero que sim.

Se algum de vocês realmente ainda está lendo isso... bem... boa sorte.

Meas desapareceu e voltou em um instante, trazendo longas facas afiadas para cada gigante no salão, além de uma para Jill. A menina segurou a sua:

— Mostrem-me sua comida! — bradou ela.

— Jill! — gritou João. — Pare!

O sapo colocou a cabeça para fora do bolso para olhar.

Jill ergueu a faca sobre a cabeça. Então a enterrou em sua barriga. Ela se afundou logo acima do cinto. De lá, ela subiu por toda a sua enorme barriga.

O sapo desmaiou novamente.

Mingau se derramou sobre o chão. Dentro da camisa de Jill havia uma massa de tecido marrom, mingau com pedaços de carne e ossos de aves. João olhou fixamente. Entre o marrom imundo do cobertor e a gosma nojenta de carne e ossos e mingau, aquilo se parecia muito com as entranhas de um humano.

Os gigantes todos apertaram os olhos para encarar Jill e sua camisa aberta.

— Eu posso fazer isso! — gritou Bucky. E afundou a faca em sua barriga, erguendo-a de seu cinto até a garganta. Sangue e mingau se derramaram no chão, então Bucky caiu. Morto. Seus olhos estavam arregalados, e seu cadáver ficou parcialmente submerso em vômito.

— Eu também posso! — bradou Leithleach. E também se desentranhou, derramando sangue, vísceras e mingau, então tombando sobre aquilo.

— Eu também!

— Também posso!

— Isso é fácil!

Um a um, todos os gigantes-heróis se cortaram da goela até a moela, e uma explosão de sangue e entranhas e carne parcialmente digerida e mingau se derramou sobre o chão do salão. Um a um, todos os gigantes tombaram sobre o sangue e o vômito. O piso tinha agora 20, 30 centímetros de sangue e entranhas e comida. Toda vez que um gigante caía, a poça fumegante e podre ondulava.

Aitheantas foi o último.

— Não tenho certeza de que posso fazer isso — disse ele, parecendo indeciso em meio àquela carnificina.

— Você tem que fazer, Rei — falou Meas. — Você aceitou o desafio.

— Não há nenhuma forma de fugir disso? — perguntou Aitheantas, desesperado.

Meas balançou a barba grisalha.

— Nenhuma — respondeu ele.

Aitheantas olhou de forma dolorosa para Jill. Por fim, respirou fundo, segurou a faca com força em sua mão e abriu um talho longo do umbigo até o alto do pescoço. Mingau e entranhas e sangue se derramaram de seu corpo enorme, e ele tombou sobre o chão, como uma árvore derrubada. A poça de gosma rosada e marrom ao seu redor se agitou, e então ficou imóvel.

Jill tirou o longo cobertor esticado, maltrapilho e imundo para revelar sua camisa igualmente nojenta.

— Bem — disse Meas de forma impassível —, esse foi um belo truque.

— Obrigada — respondeu Jill.

João olhou para a carnificina à sua volta, tentando entender o que tinha acabado de acontecer.

— Você nos deixará ir embora? — perguntou Jill ao velho guarda magro.

— Certamente — respondeu ele, e esticou a mão gigantesca, ossuda e pálida para Jill. Ela o cumprimentou. — Eu odiava aqueles brutos. Receberam exatamente o que mereciam. — Então apertou a mão de João, acariciou a pequena cabeça do sapo e, abrindo caminho no enorme lago de sangue e vômito, acompanhou o grupo até a escadaria estreita que levava para fora da caverna.

— Espere — falou Jill. — Você tem o Espelho Mágico?

Os olhos turvos de Meas pareceram brilhar por um instante.

— Ah — disse ele. — Foi por isso que vocês vieram aqui?

— Foi — respondeu Jill. — Até João se esquecer.

— Eu não me esqueci — resmungou João, ficando vermelho.

— Não está aqui — respondeu a voz de Meas. — Mas é realmente um tesouro que vale a pena procurar. O maior poder que existe, dizem por aí, reside naquele espelho. Uma peça de verdadeira magia, mais forte e pura que qualquer outra no mundo.

— Você sabe onde está? — perguntou Jill.

— Estamos na parte mais alta dessa terra, tirando o Céu. O Espelho, da última vez que ouvi falar dele, estava no poço mais profundo da terra, tirando o Inferno. Você deveria tentar ali.

— Como chegamos lá? — perguntou João.

Meas deu de ombros:

— Pergunte aos duendes.

— Duendes?

Meas assentiu sua enorme cabeça grisalha e disse:

— Mas tenham cuidado. Gigantes são brutais. Duendes são maliciosos. Não confiem muito neles.

— Como podemos encontrá-los?

— Não sei. Nunca saí dessa caverna.

As crianças olharam para seu rosto comprido e triste.

— Mas não existe mais um bando, não é mesmo? — perguntou Jill. — Você não pode sair agora?

Meas suspirou.

— Sempre haverá um bando. Enquanto existirem gigantes, haverá tolos que os seguirão.

João estava prestes a lhe perguntar o que ele quis dizer, mas Meas se virou e murmurou:

— Agora, onde eu coloquei aquele balde?

João caminhava silenciosa e tristemente sobre as nuvens brancas como linho debaixo dos enormes desfiladeiros esbranquiçados. Jill vinha atrás com o sapo.

Jill e o sapo conversavam sem parar sobre o que eles tinham acabado de ver e fazer.

— E você viu como Bucky simplesmente pegou a faca e a enfiou na barriga?

— E o rosto de Aitheantas quando ele percebeu o que estava acontecendo?

— Meas era na verdade muito simpático!

— Nunca vi algo tão nojento em minha vida!

— Você se saiu muito bem, Jill — falou o sapo.

— Sim — interrompeu João, sua primeira palavra desde que saiu da caverna. — Muito bem. — Ele não parecia nem um pouco feliz.

Jill olhou para ele:

— O que há com você? — perguntou o sapo.

— Eu poderia ter feito aquilo — insistiu o pequeno João. — Eu poderia ter nos salvado.

Nem Jill nem o sapo disseram nada.

— E foi tão óbvio o que você fez. Não consigo acreditar que eles foram burros o suficiente para cair! — João parecia muito irritado. As sobrancelhas escuras formavam uma seta para baixo, e as bochechas estavam coradas.

O vento soprava no céu azul. O sol estava se pondo atrás dos penhascos, criando longas sombras na praia. Em algum lugar muito abaixo, eles podiam ouvir o canto das gaivotas.

— Você entrou lá — disse o sapo a João. — É sua culpa. E Jill nos salvou.

— Vocês são uma menina feia e um sapo perneta idiota! — berrou João para eles, e, sem avisar, saiu correndo.

— João! João! — gritou o sapo para ele.

— Deixe-o ficar sozinho — falou Jill tristemente.

João corria, com o vento soprando em seu rosto.

Por quê?, pensou ele. *Por que isso sempre acontece? Os garotos na aldeia, os gigantes, Aitheantas, Bucky, Maria... é tudo a mesma coisa. Sempre será a mesma coisa.* Lágrimas quentes de humilhação escorriam pelas bochechas de João e embaçavam sua visão. Ele correu e correu, e o vento estava forte, cada vez mais forte, até de repente ficar realmente muito forte.

Jill e o sapo não conseguiam mais ver João.

— João! — gritou Jill. E começou a correr atrás dele. Em certo momento, ela sentiu as nuvens sob seus pés cederem.

Então ela viu João. Ele estava fazendo exatamente o mesmo que ela.

Despencando em direção à terra.

Jill rodou e rodou e rodou no ar. O sapo gritava, mas ela se sentia estranhamente calma. Então, debaixo de João, Jill viu uma lisa montanha verde surgir, pronta para acolhê-los. Ao lado da montanha estava uma pequena cidade, e ao lado desta, o mar. Enquanto Jill rodava, a montanha e a cidade cresciam cada vez mais, e ela pensou, *Esse será um belo lugar para aterrissar.*

Então ela aterrissou ali, no topo daquela montanha verde, e doeu muito, mas ela não tinha parado de rodar. Continuou até o pé daquela enorme montanha verde, até parar no fim da ladeira ao lado de João.

Jill se sentou, rindo. O sapo tinha parado de berrar e estava cantarolando alegremente.

— Estamos vivos! — gritava ele. — Graças a Deus! Estamos vivos!

Então parou. Ele viu João.

O menino não estava rindo. Seu rosto parecia branco e imóvel, e uma poça de sangue se formava na grama verde sob sua cabeça.

Jill se levantou, viu que eles estavam nos arredores da cidade e correu, gritando, até a casa mais próxima.

CAPÍTULO CINCO

Onde Você Nunca Mais Vai Chorar

Era uma vez uma pequena cidade litorânea onde um menino chamado João foi colocado na cama do sótão da única estalagem da região. Jill estava sentada ao lado dele e observava atentamente. As ataduras em sua cabeça estavam vermelhas e encharcadas, e seu rosto, muito pálido.

— Ele vai ficar bem? — perguntou Jill, em voz baixa.

A estalajadeira estava parada junto à porta, as mãos na cintura. Ela respondeu à pergunta de Jill com seu sotaque carregado e pungente:

— Acho que vai. Ele precisa apenas dormir um pouco e se alimentar, então ficará novinho em folha, imagino. — Seus *R*s eram longos e arrastados, como tudo o mais nela. Aquilo fazia Jill se sentir como se estivesse enjoando num barco. Ou talvez fosse por ela estar vendo João tão imóvel e pálido quanto a morte.

— Obrigada — disse Jill.

— Você pode descer quando estiver pronta — avisou a estalajadeira.

Jill tinha concordado em ajudar na estalagem — varrer o chão, lavar a louça, esse tipo de coisa — em troca do quarto e da comida.

Jill balançou a cabeça afirmativamente, e a estalajadeira saiu. A menina ajoelhou ao lado de João. Delicadamente, puxou as cobertas. Ele não se moveu.

O sapo estava chorando baixinho desde que vira João na base do morro.

— Deixe-me aqui — disse ele, e Jill o tirou do bolso e o posicionou, muito delicadamente, sobre o peito de João. — Ficarei de vigia — falou o sapo. — Desça agora para garantir nosso sustento.

Ele sorriu seu sorriso de sapo mais corajoso para Jill. A menina retribuiu o sorriso tristemente, olhou uma última vez para o pálido João e desceu a escada com o coração pesado.

Naquela noite, Jill foi mantida muito ocupada na taberna. Ela limpou cerveja derramada, recolheu copos de uísque das mesas de madeira áspera, trouxe pratos de arenque salgado e caracóis refogados aos baldes. Parecia que todo pescador estava na taberna com sua esposa naquela noite. Eles fediam a peixe, mas os sorrisos eram largos e os olhos brilhavam amavelmente quando Jill se aproximava.

— Agora, o que temos aqui? — falou um homem barrigudo. — O que essa pequena rapariga está fazendo em nossa cidade?

Jill respondeu às perguntas de uma forma vaga e tentou não deixar nenhum prato cair no chão. O trabalho e o papo e todas as novas pessoas ajudavam Jill a pensar apenas um pouco menos no garoto pálido com a atadura vermelha, deitado à beira da morte no andar de cima.

Depois que o povo da cidade já estava bebendo havia muito tempo, o homem barrigudo chamou Jill para perto. Ele tinha uma careca brilhante e uma grande barba ruiva. Quando sorriu para Jill, os olhos cintilaram:

— Você quer ouvir uma história, então? — Seu hálito cheirava a uísque, e suas roupas, a peixe.

— Ora, não vá assustar a garota — gritou alguém para ele de forma arrastada.

O barrigudo homem de barba ruiva riu e olhou para Jill:

— Não acho que você se assuste facilmente. Ou se assusta? — Jill ajeitou a postura e fez que não com a cabeça. Ele soltou uma gargalhada estrondosa. — Viram?

Então ele a colocou num banco ao seu lado e a taberna se aquietou. O homem começou a contar sua história.

— Era uma vez — disse ele — uma pequena aldeia de pescadores, que ficava ao lado do vasto mar negro, nas sombras de alguns morros verdes muito altos.

— São montanhas! — gritou alguém.

— Ai, meu pé! — bradou outra pessoa, e todos riram.

— Nas sombras de *morros* verdes muito altos — repetiu o homem de barba ruiva, sorrindo, e seus *R*s rolavam como barcos a remo no oceano. — E nessa pequena cidade havia uma pequena rapariga. Praticamente do seu tamanho.

E cutucou Jill no peito com um dedo bruto. Relutantemente, ela sorriu.

— Bem, essa rapariga adorava o mar — continuou ele. — Ela saía para observá-lo, deleitando-se com suas vastidão e escuridão, como se as ondas escuras criassem alguma espécie de espelho em que ela pudesse se ver. Pelo menos, era isso o que os aldeões sussurravam entre si enquanto a olhavam, com o vento soprando seus cabelos para um lado e para o outro, na beirada das pedras.

A taberna tinha ficado em silêncio agora. Alguém começou a apagar as velas, uma a uma, até a única luz vir da lareira de turfa que bruxuleava. Os pelos no braço de Jill começaram a se levantar e se arrepiar.

— Mas não era isso o que a rapariga estava vendo. Ela não estava *vendo* nada. Ela estava escutando. Escutando a canção da sereia.

— Eu sabia! — gritou alguém. — Esse homem é obcecado com a sereia!

— Shhhh! — chiaram todos os outros.

E o homem de barba ruiva continuou:

— A sereia tem o canto mais lindo que qualquer mortal já ouviu. Suas notas se erguem como gaivotas no vento e afundam como a lua no mar. Ela pode mantê-las agudas e cantá-las bem grave, como o próprio mar. Mas nenhum mortal pode ouvi-las, a não ser uma jovem garota. E nenhuma pode resistir a esse som.

"Bem, um dia a sereia falou com aquela menininha, seu cabelo ao vento sobre as pedras altas. Ela perguntou se a menininha gostaria de ir viver com ela no fundo do mar. E a menininha disse que gostaria. Bem, naquela noite, enquanto estávamos sentados aqui nessa taberna, olhamos pela janela e vimos uma enorme onda negra se erguer no mar. E aquela onda engoliu por inteiro a pequena rapariga. E nunca a vimos novamente. E essa é a verdade.

A taberna estava em silêncio agora.

Finalmente, Jill sussurrou:

— Isso é realmente verdade?

— Não sabemos — disse a estalajadeira. — Realmente perdemos uma rapariga no mar há alguns anos. Mas toda essa história da sereia? É apenas uma lenda.

— É a mais pura verdade! — falou o homem de barba ruiva. — Há uma sereia lá fora. Eu a vi.

— Você a ouviu? — perguntou alguém.

— Não, ela canta apenas para as menininhas — respondeu o homem. — Mas ela está lá fora com certeza.

— E como você sabe que foi ela que levou a menina, e não apenas o mar?

— Eu sei — respondeu o homem barbado de forma sombria. — Eu só sei.

Depois daquilo, as pessoas da taberna saíram para a escuridão completa, seguindo o caminho, sobre pedras e terra, até os respectivos lares, que ficavam nas encostas dos morros. Jill os seguiu até o lado de fora e observou enquanto se afastavam, particularmente o homem de barba ruiva. Ela notou que ele vivia sozinho, numa pequena cabana, mais próxima das pedras e do mar que a casa de qualquer outro aldeão.

Jill se perguntou sobre a menininha que tinha desaparecido. Ficou imaginando se ela gostava de viver no fundo do mar, com as sereias. Então foi até seu quarto, querendo contar a história a João. Mas ele ainda estava dormindo. Assim como o sapo, que roncava ridiculamente. Ela decidiu não os acordar.

As janelas eram como paredes por causa da escuridão no exterior. Nada de lua, nenhuma estrela, absolutamente nenhuma luz. O vento sacudia as portas em suas dobradiças, e o mar espumava e se agitava. Jill, deitada em sua pequena cama de palha, podia ouvir as ondas batendo contra as rochas escarpadas. Nunca vira uma noite como aquela, jamais conhecera o medo e a emoção de se deitar tão perto do mar e da natureza. Seu corpo cantava. Ela não conseguia dormir.

Tarde, muito tarde da noite, quando o vento tinha diminuído e as batidas das ondas nas rochas se transformado numa cadência calma e ritmada, Jill se sentou em sua cama. Um pouco mais alto que o som das ondas, ela ouvia uma nota aguda, mantida por um tempo impossivelmente longo.

Um cata-vento, pensou Jill. *Deve ser o rangido de um cata--vento.*

A nota caiu; não, ela desfaleceu, como se estivesse desmaiando. Então subiu novamente, se misturando às ondas que batiam, como uma flauta entre um pulsar lento e fúnebre de tambores. Jill se deitou novamente. Apenas um cata-vento. Ou dobradiças rangendo.

Ela ficou deitada na cama, escutando o som longo e lamurioso. Ele se estendia pela escuridão e nos cantos da noite parecia se transformar num padrão de palavras. *Sim*, pensou Jill, enquanto olhava para o teto. As notas tinham palavras. Ela se sentou novamente e tentou escutá-las. E conseguiu.

Venha, venha, onde a tristeza nunca dá pista, dizia a canção.
E onde você é vista como quer ser vista.
Venha, venha, o local de sombra e conquista,
Onde você nunca mais vai chorar, querida rapariga,
Onde você nunca mais vai chorar.

Lentamente, Jill se levantou da cama e andou até a janela. Ela olhou para a fantasmagórica cidade vazia do lado de fora. A estrada de terra levava até as rochas, onde a água respingava preta e branca numa espuma esguichada. O mar parecia mais escuro que qualquer coisa que ela já vira, mas as ondas obsidianas tinham um brilho branco quando se erguiam e eram alcançadas pela luz da lua, que agora aparecia. Jill tremeu. Novamente, escutou os sons que se pareciam com palavras.

Venha, venha, onde a tristeza nunca dá pista.
E onde você é vista como quer ser vista.
Venha, venha, o local de sombra e conquista,
Onde você nunca mais vai chorar, querida rapariga,
Onde você nunca mais vai chorar.

Não era um cata-vento. Era uma canção... cantada por uma voz diferente de qualquer uma que Jill já havia ouvido. Como uma gaivota se erguendo no vento, ou a lua mergulhando no mar.

Ela se virou para ver se o som tinha acordado João. Mas ele continuava a dormir profundamente, sem notar a música que saía da noite silenciosa e negra.

De repente, ela balançou a cabeça e riu de si mesma. *São os aldeões*, percebeu ela. *Fazendo uma piada comigo. Amanhã eles me perguntarão se ouvi algo estranho à noite. Apenas espere para ver.*

Ela voltou à cama. Era uma voz perturbadora, de quem quer que fosse. A *voz de uma garota*, pensou Jill. Ela escutou as palavras: *onde a tristeza nunca dá pista; onde você é vista como quer ser vista; onde você nunca mais vai chorar.* Quando Jill dormiu aquela noite, sonhou com tal lugar, um local de sombra e conquista.

Pela manhã, a estalajadeira bateu com força na porta do quarto.

— Acorde! Hora do trabalho! — gritou ela.

Jill imediatamente se sentou na cama. Olhou para João. Ele sorria timidamente para ela.

— Oi — falou ele, com a voz fraca.

Ela deu um salto da cama e o abraçou.

— Sinto muito — disse ele. — Por ser tão idiota lá em cima nas nuvens.

— Está tudo bem — respondeu Jill, rindo.

— Não, não está! — disse o sapo.

— Eu gostaria de poder ajudá-la com seu trabalho — falou João. Sua voz era fraca e cansada.

— Descanse. — Jill sorriu. Então continuou: — Você ouviu música ontem à noite? Uma cantoria? — João balançou a cabeça, e ela deu de ombros. — Seu sono parecia pesado.

— Eu também não ouvi nada — disse o sapo.

— Você roncava muito — respondeu Jill, e desceu a escada.

Durante todo o dia, nenhum aldeão falou sequer uma palavra sobre alguma canção à noite. Enquanto o povo da cidade se reunia para jantar e beber aquela noite, Jill tentou detectar sorrisos escondidos, ou sinais de piadas compartilhadas. Mas não havia nada.

Naquela noite, enquanto estava deitada na cama, ela ouviu a canção novamente. Olhou para João. Ele dormia profundamente. O sapo estava enterrado debaixo das cobertas, mas ela também conseguia distinguir sua respiração constante, no mesmo ritmo da respiração do menino.

A canção reverberava nas madeiras da velha estalagem. Jill cobriu a cabeça com um travesseiro de palha e tentou ignorá-la.

Um minuto depois, Jill pulava da cama. Ela deslizou silenciosamente pelos degraus de madeira da estalagem, saiu pela porta e guiou os pés descalços pelo caminho de terra até a costa rochosa. Diante dela, as ondas se erguiam contra os despenhadeiros, lançando espuma branca bem alto no céu negro. Mas à direita, afastado um pouco da aldeia, havia um local mais calmo, onde a água ondulava lentamente e se afastava em espiral de um porto de pedra de 3 metros de largura. Jill caminhou até lá. Sobre ela, a noite estava limpa e muito fria, e as estrelas cintilavam nitidamente. Jill foi até o pequeno porto. Ela sentiu o borrifo leve em seu rosto e o cheiro pesado de maresia. E ouviu a canção.

Venha, venha, onde a tristeza nunca dá pista.
E onde você é vista como quer ser vista.

Venha, venha, o local de sombra e conquista,
Onde você nunca mais vai chorar, querida rapariga,
Onde você nunca mais vai chorar.

Ela se sentou nas pedras negras do pequeno porto — que se parecia com uma grande baía crescente para um barco de brinquedo — e observou a espuma se agitar no mar. E então, se erguendo do mar, causando arrepios em sua espinha, verde como o oceano durante o dia e negra como o oceano à noite, e coberta por espuma branca e luar, surgiu uma sereia.

É isso mesmo, amigos. Uma sereia viva de verdade.

Não me pergunte. Estou apenas contando a história como ela é.

A sereia se posicionou sobre uma pedra plana na beirada do pequeno cais. Seu corpo — pelo menos o que Jill foi capaz de ver — era lindo e estava nu. Da metade para baixo de suas costas iluminadas pelo luar, ela era coberta por verdes escamas de peixe, revestidas de sombras. Seus olhos eram negros e verdes, sem absolutamente nenhuma parte branca. Seu cabelo parecia a água da noite refletindo a lua. A cantoria tinha parado. Jill observava fixamente.

— Uma menina bela, muito bela — disse a sereia, os olhos tão separados e luminosos que ela parecia uma criatura de um sonho. — Você é uma menina bela, muito bela.

Jill não conseguiu responder.

— Mas é triste — falou a sereia, e então arfou, e seus ombros se contraíram como se ela estivesse sentindo dor. — Tão triste! Bela menina, o que poderia lhe causar tamanha dor?

O vento que vinha do mar soprava borrifos de água nos olhos e no rosto de Jill, e seu cabelo a atingia, como uma corda numa vela de barco.

— Como você sabe que sou triste? — perguntou Jill, sentindo que tremia.

A sereia olhou para ela com aqueles olhos negros e verdes arregalados:

— Venho de um lugar onde um dia não houve tristeza. Agora que conheço essa emoção, a sinto de forma muito forte, quase insuportável. Conte-me, bela menina, conte-me: por que é tão triste?

Jill abaixou os olhos. A sereia falou:

— Algo a ver com sua mãe. — E não foi uma pergunta. Houve uma pausa durante a qual apenas as ondas que batiam falaram. — Vamos conversar sobre outras coisas — pediu a sereia.

E foi o que fizeram. Elas conversaram sobre as montanhas, as estrelas e o mar. Depois de um tempo, Jill começou a se sentir melhor.

Jill ergueu o olhar e viu os primeiros vestígios cor-de-rosa no horizonte. A sereia percebeu o mesmo, sem olhar.

— Tenho que ir — disse a sereia. — Mas venha amanhã se quiser. Conversaremos mais.

— Sim — respondeu Jill —, eu adoraria vir. Obrigada.

A sereia sorriu. Ela estava prestes a deslizar da pedra de volta para o mar quando falou:

— Jill, não conte aos aldeões que falou comigo. Existe um que me feriria se pudesse.

Jill olhou fixamente para a linda criatura. Quem poderia querer feri-la? Ela assentiu.

— Não contarei. Prometo.

Na manhã seguinte, Jill saiu do quarto sem falar mais que uma sílaba para João, e, durante todo o dia, não foi capaz de manter a cabeça no trabalho. Ela deixou dois copos caírem no chão e cortou a mão enquanto limpava os cacos de vidro. A estalajadeira falou severamente com ela sobre sua displicência. Jill apenas desejava que a noite chegasse logo.

Finalmente, os aldeões tinham ido para casa. Jill foi até seu quarto.

— Você quebrou *dois* copos hoje? — perguntou João, quando ela entrou. — Foi o que pareceu daqui de cima.

— Só quero dormir — respondeu Jill, de forma seca.

João ficou surpreso, então olhou para o outro lado. O sapo a encarava fixamente.

Jill se deitou e virou de costas para o primo.

— Como você está se sentindo? — perguntou ela, sem emoção.

— Ótimo — respondeu João, enquanto apagava com um sopro a lamparina a óleo ao lado de sua cama. Ele não parecia ótimo. Parecia irritado, mas Jill não se importou.

Ela esperou até ouvir a primeira nota do canto da sereia, confirmou que João estava realmente respirando de forma suave e constante, então saiu apressada, direto para o pequeno porto. Enquanto corria, cantava com a sereia:

Venha, venha, onde a tristeza nunca dá pista.
E onde você é vista como quer ser vista.
Venha, venha, o local de sombra e conquista,
Onde você nunca mais vai chorar, querida rapariga,
Onde você nunca mais vai chorar.

Quando a sereia se ergueu do mar para a pedra, Jill se maravilhou com seu corpo iluminado pelo luar, os tons pretos, os verdes, os olhos, os cabelos.

— Aí está minha bela amiga — disse a sereia. Jill balançou a cabeça no vento forte, mas sorriu mesmo assim.

— Sereia — começou Jill. — Você me disse ontem à noite que veio de um lugar onde um dia não existiu tristeza. Existe, agora?

— Sim — respondeu a sereia.

— Mas por quê?

— Você se lembra de que eu lhe disse que havia um homem que me machucaria se pudesse? — perguntou a sereia.

— Sim.

— Há muito tempo — continuou ela —, existiam sete irmãs que viviam debaixo dessas ondas. Eu era a mais jovem. Cada uma de minhas irmãs era mais linda que a outra, e cada uma mais gentil e bondosa. Nós nos erguíamos sobre essa pedra e cantávamos para os moradores da aldeia, e eles nos amavam. Na verdade, havia uma menininha que nos amava mais que qualquer coisa e que queria viver conosco, no fundo do mar escuro e verde, onde não há tristeza. Veja bem, a mãe dela tinha morrido por causa de uma doença grave, e ela fora deixada sozinha com o pai cruel. Quando ela perguntou se podia morar conosco, dissemos que não. Uma menininha, pensamos, deveria viver com os seus, acima das ondas. Mas então descobrimos que ela também estava doente e que, se permanecesse na aldeia, certamente morreria. Acabamos cedemos, e certa noite ela se juntou a nós, e nos tornamos oito irmãs.

"Mas o pai dela ficou furioso conosco. Ele jogou uma rede, pegou minha irmã mais velha e cortou seu pescoço, para que seu sangue, escuro e verde, se espalhasse sobre sua pele bela e lisa. Algumas semanas depois, ele capturou minha segunda irmã mais velha em sua rede, e novamente cortou sua garganta e derramou seu sangue verde-escuro. E assim ele continuou, até que finalmente restasse apenas sua filha e eu, vivendo no fundo do mar.

"A menininha ficou tão triste pelo que seu pai tinha feito que ficou doente de pesar. Depois de sete dias e sete noites de sofrimento, ela morreu de tristeza."

Os olhos separados e os lábios iluminados pelo luar da sereia pareciam que explodiriam de tristeza. Mas ela não falou mais nada.

— Isso é terrível! — bradou Jill. — Oh, é horrível, é horrível! — De repente, a tristeza que sentia por seus próprios problemas pareceu tão pequena e estúpida. — Deixe-me ajudá-la! — pediu Jill. — Por favor! O que posso fazer?

A sereia balançou a cabeça tristemente.

— O que pode ser feito? — perguntou ela. — Estão todas mortas. Não há nada a fazer, a não ser chorar.

E Jill podia ver que os rios de lágrimas escorrendo volumosamente pelo rosto da sereia havia muitos anos tinham cavado cânions rasos em suas bochechas.

— Quem é o homem? Ele ainda vive na aldeia? — perguntou Jill impetuosamente.

A sereia balançou a cabeça:

— Não sei quem ele é. Não consigo ver o rosto de homens. Apenas de lindas meninas, como você. Mas ele ainda sai algumas noites com sua rede e tenta me pegar. Nunca sei quando. Acredito que não vá descansar até eu estar morta. Mas de que adianta? Minhas irmãs, minhas doces irmãs, já estão todas mortas.

— Ele não vai matá-la — prometeu Jill, os dentes à mostra, o cabelo castanho voando, a testa brilhando, molhada pelo borrifo do mar à luz da lua. — Não permitirei que ele faça isso.

Quando um tom cor-de-rosa começou a se alastrar no leste, Jill soprou um beijo para a linda sereia e voltou à taberna.

Na manhã seguinte, João acordou antes de Jill. Quando ela se levantou, ele sorriu para ela.

— Desculpe por ontem à noite — disse ela.

— Você estava cansada de trabalhar o dia todo.

— Sim — falou ela. — Muito cansada. Você está se sentindo melhor?

— Um pouquinho melhor a cada dia — respondeu João. — Mas ficar sentado aqui é entediante.

Jill cantarolava uma melodia lenta e triste quando saiu para o corredor.

Enquanto limpava as mesas na taberna e a estalajadeira polia os copos de uísque, a menina perguntou:

— Foi a filha de quem que se perdeu no mar?

A dona da taberna parou de polir e olhou para Jill com curiosidade.

— O que a fez pensar nisso, rapariga?

Jill deu de ombros e voltou a esfregar a mesa.

— Não sei. Estou apenas pensando.

A dona da taberna balançou a cabeça.

— O homem que contou a história — disse ela. — Com a barba ruiva.

Jill assentiu:

— Foi o que pensei.

Ela o observou enquanto ele comia seu jantar e bebia seu uísque e sua cerveja. Ele ria muito e contava histórias e parecia ser querido por todos. Mas havia algo nele. Algo triste. Nas pausas entre as histórias, ou ao fim de suas gargalhadas, ela o via suspirar ou olhar para a mesa de forma grave. Ela não sabia por que não tinha notado aquilo antes. A certa altura, ele a pegou encarando. A menina sorriu rapidamente. Ele abriu um sorriso largo. Dessa vez, quando afastou os olhos, ele não suspirou.

Jill correu até a beirada das rochas naquela noite e contou à sereia que sabia quem era a pessoa tentando feri-la. A sereia assentiu melancolicamente.

— Mas de que isso adianta? — perguntou ela, e seus lábios, seu rosto e seus olhos estavam tão tristes e belos que Jill teve vontade de chorar. — Ele não vai parar.

— Vou fazê-lo parar — garantiu Jill. — Eu prometo. Prometo.

Dessa vez, quando o tom cor-de-rosa começou a se alastrar no céu do leste, a sereia soprou um beijo para Jill. Ela o sentiu em sua bochecha, como a espuma macia do mar.

Na tarde seguinte, Jill seguiu até a pequena cabana junto ao mar onde o homem de barba ruiva vivia. Ela bateu à porta. Não houve resposta. Ela deu a volta até um pequeno galpão que ficava atrás da casa a fim de procurá-lo. A porta estava entreaberta. Jill olhou para o interior.

Pendurados nas paredes do galpão estavam dúzias de arpões enferrujados, cada um coberto com tripas de peixe, algas e sujeira. Cobertos, na verdade, exceto nas pontas. Estas estavam afiadas e limpas.

— Olá!

Jill se virou e viu o homem de barba ruiva sentado numa pilha de tijolos de turfa encostada à parede da casa, remendando uma rede de pesca.

— Ora, veja quem está aqui! — disse ele, e seu rosto se iluminou.

— Olá — cumprimentou Jill. — Espero não o estar perturbando...

— Oh, não! Eu adoro um pouco de companhia enquanto remendo minha rede. Sente-se! — convidou ele, e apontou com o pé para um balde virado, ainda molhado com entranhas de peixes. Jill olhou para aquilo e permaneceu de pé.

— Foi você que perdeu sua filha no mar? — perguntou Jill, apesar de saber a resposta.

O sorriso largo do homem desapareceu. Ele encarou Jill com olhos vazios.

— Sim — respondeu ele. — Eu mesmo.

Jill olhou para baixo.

— Sinto muito — disse ela.

Ele assentiu e suspirou.

Jill ergueu a cabeça novamente e olhou bem nos olhos do homem, com uma expressão mais cortante que uma faca.

— Você está tentando pegar a sereia? — perguntou ela. Seus dentes estavam cerrados, e seu rosto, duro.

O homem olhou para ela de forma estranha.

— Rapariga — falou ele, finalmente —, nenhum homem pode lançar uma rede que pegue uma sereia.

Jill não o deixou escapar de seu olhar. Ele voltou a focar em seu trabalho na rede.

— Essa corda e esse barbante fracos não podem segurar uma sereia assim como você não pode segurar a luz da lua — disse ele.

E voltou a remendar. Depois de um momento, Jill novamente disse que sentia muito pela sua perda e voltou na direção da aldeia. Mas, depois de uma dúzia de passos, olhou por cima do ombro. O homem a estava observando de forma sombria, atentamente, por baixo das sobrancelhas pesadas. Ela subiu o morro correndo.

Naquela noite, Jill esperou impacientemente até João dormir e então, assim que o canto da sereia começou, desceu a escada com pressa e saiu pela porta da taberna. Enquanto caminhava pela noite, ficava de olho na pequena cabana junto ao mar. A porta estava fechada firmemente contra o vento e os borrifos. Enquanto descia pelas pedras, no entanto, seguindo o som do canto da sereia, ela apensou ter visto a porta se abrir apenas uma fresta. Jill parou e olhou com mais atenção. Sim, a porta da casa do homem barbado parecia agora levemente entreaberta. Ela continuou a caminhar.

Quando chegou ao pequeno porto, a menina passou direto e seguiu pelas pedras. As ondas batiam em seus pés enquanto ela seguia pelos despenhadeiros negros, esburacados e escorregadios sobre o mar. Finalmente, encontrou um lugar em que conseguia ficar de pé.

— Não quis que ele visse onde eu a encontro — sussurrou Jill para o vento. — Ele está me observando agora.

Como em resposta, a sereia cantou *Nunca mais vai chorar* novamente, e seu canto alongava a palavra *nunca*. A sereia a mantinha, até deixá-la morrer, numa nota longa e grave e tão triste como ondas batendo nas pedras rasas. A canção terminou. Ela não começou novamente. Cuidadosamente, Jill voltou pelas pedras lisas e subiu o caminho de terra que levava até a taberna. Ela fechou a porta depois de entrar. E esperou. Dez minutos depois, abriu a porta apenas uma fresta e olhou para fora. A porta da casa do homem barbado se encontrava fechada firmemente.

João estava sentado quando Jill acordou na manhã seguinte.

— Oi! — cumprimentou ele. — Eu me sinto muito melhor. Acho que posso ajudá-la no trabalho hoje.

As mãos de Jill instantaneamente ficaram suadas. Ela se sentou e olhou para ele.

Então, como se estivesse decidindo algo, saiu da cama e foi até o lado dele.

— Deixe-me sentir sua temperatura. — O sapo rastejou para fora das cobertas e bocejou, sonolento. Ela colocou a mão na testa de João. Comparada às suas mãos suadas, a testa de João parecia lisa, seca e fresca. — Espere mais um dia — decretou Jill firmemente. — Mais um dia, então você pode descer para me ajudar.

— Pelo menos deixe-me ficar sentado lá embaixo... — começou João.

— Não — respondeu Jill, e sua voz saiu dura quando ela falou.

— Não acho que ficar sentado no andar de baixo seria ruim para João — retrucou o sapo, surpreso com o jeito brusco da menina.

Jill pensou por um instante, depois falou:

— Para João, não. Mas não acho que a estalajadeira gostaria que ele ficasse sentado na taberna, encarando os clientes, não é mesmo? Com uma atadura na cabeça? — E, sem esperar uma resposta, ela se levantou, saiu do quarto e fechou a porta. Quando chegou ao corredor, respirou fundo e desceu a escada.

A hora do almoço na taberna era sempre tranquila, porque os pescadores não retornavam com os barcos até o meio da tarde. Assim que o último freguês foi embora, Jill se esgueirou pela porta do estabelecimento e correu até a cabana junto ao mar. A porta estava fechada, e nenhuma luz vinha do interior. O homem barbado, como o resto dos pescadores, ficaria no mar por mais algumas horas.

Jill deu a volta até os fundos da casa e tentou abrir a porta do galpão. Não estava trancada. Ela entrou escondida e fechou a porta.

Do lado de dentro, Jill examinou as paredes. Instrumentos de morte enferrujados se penduravam de todos os ganchos. Ela estudou a lâmina curva usada para abrir a barriga de um peixe, a faca inclinada para separar a carne das espinhas, as pontas de arpão com suas farpas que se prendiam e rasgavam a carne. Jill encontrou um rolo de corda e começou a trabalhar.

Agora, meus caros leitores, vocês provavelmente estão se sentindo um pouco tensos nesse momento. Se eu lhes contei essa história realmente bem, na verdade, vocês deveriam estar

sentindo uma tensão nos ombros e uma leveza na cabeça, e a respiração deveria estar um pouco mais rápida.

E quando descrevo Jill escondida no galpão com todos os "instrumentos de morte", como acho que os chamei... bem, vocês provavelmente estão esperando que algo horrível e sangrento aconteça.

Que bom. Pelo menos vocês estão esperando por isso. Deve ajudar um pouco.

O homem barbado volta para casa exausto e fedendo a peixe. Entrou em sua pequena casa, tirou seu enorme casaco de lona amarela e trocou as botas pesadas por sapatos mais leves. Então, suspirando depois de um dia de trabalho, foi até os fundos e se arrastou de forma cansada até o galpão de ferramentas.

Ele abriu a porta e entrou — e se viu tropeçando e caindo no chão. Seu corpo enorme bateu contra a parede dos fundos, fazendo facas e nós e furadores caírem sobre si. Ele olhou novamente para a porta; havia uma corda amarrada firmemente no portal. Ele ergueu o olhar.

Jill estava de pé sobre ele; o rosto; furioso e escuro; os olhos, arregalados. Suas narinas se expandiam. Os lábios pareciam recuados ao redor dos dentes. E sobre sua cabeça pairava o maior e mais afiado machado que o homem possuía.

— Deixe a sereia em paz! — berrou Jill.

E abaixou a lâmina com toda força e velocidade que conseguiu. O homem ergueu o braço para se proteger, e a lâmina enferrujada atingiu sua carne com um *thwack*, enterrando-se no osso. O homem uivou. Jill tentou puxar o machado de volta, mas ele parecia ter ficado preso ali. A menina se virou e apanhou a longa faca curva na parede. Ela a ergueu e abaixou — mas, antes que a lâmina pudesse penetrar na carne do homem, Jill foi jogada para trás por um chute no peito. Ela tropeçou na corda e caiu fora do galpão e na luz do dia.

O homem permaneceu caído entre as ferramentas espalhadas no pequeno galpão, sangue escorrendo do braço para o chão. Ele olhava fixamente para Jill.

— Deixe-a em paz! — rosnou Jill novamente, e saiu correndo.

Jill passou pela taberna tão rápido que não viu João na janela, observando enquanto ela corria pela estrada. O que não quer dizer que, se o tivesse visto, teria parado. Ela continuou a correr, subindo cada vez mais os morros íngremes e enevoados. A grama molhada era como uma esponja sob seus pés. Ela podia sentir o cheiro da fumaça de turfa se erguendo das lareiras das casas da aldeia, doce e bolorento. Jill passou por um rebanho de ovelhas deitado na encosta verde do morro. Elas baliram para a menina.

Na beirada do pequeno vale atrás do primeiro morro ficava um pequeno curral de ovelhas — apenas uma estrutura de madeira com três paredes e um telhado, onde os animais poderiam se juntar se não quisessem ficar na chuva. Jill seguiu naquela direção. Ela se sentou no interior e olhou para si mesma. Suas roupas estavam borrifadas com o sangue do homem.

Ela sentia-se arrependida de não o ter matado, mas achou que talvez, caído ali, ele poderia simplesmente sangrar até morrer sozinho. Ela pensou na linda sereia — em como ela era perfeita. E em como amava Jill. Ela a amava, Jill sabia. E pensar que existiam outras seis e que o homem barbado tinha matado todas elas. Aquilo a deixava nauseada. Além disso, havia sua filha pequena, que morrera de tristeza por causa dele. Oh, o que ele tinha feito à própria filhinha?

Talvez, ela pensou, ela devesse retornar à cabana naquela noite para se assegurar de que o trabalho estava feito.

Quando a noite estava negra e Jill teve certeza de que as pessoas teriam saído da taberna e ido para suas casas a fim de dormir, Jill atravessou correndo o campo de ovelhas, contornou a aldeia pesqueira silenciosa e seguiu até o pequeno porto. A sereia cantava novamente. A canção parecia penetrar na alma de Jill. Era inebriante. Insuportavelmente linda.

Venha, venha, onde a tristeza nunca dá pista.
E onde você é vista como quer ser vista.
Venha, venha, o local de sombra e conquista,
Onde você nunca mais vai chorar, querida rapariga,
Onde você nunca mais vai chorar.

A visão de Jill ficou borrada. Ela não conseguia ver as casas da aldeia, nem o céu sobre elas. Tudo o que via eram o oceano negro que batia e as pedras esburacadas e escarpadas que se erguiam à sua volta, como dentes ao redor de uma enorme boca. A sereia cantava de forma mais doce e triste que nunca. Jill se aproximou da beira da água e olhou para a pedra da sereia, cercada pelo oceano espumoso e agitado, mas não havia ninguém ali.

— Aqui. — Jill ouviu. Ela olhou para baixo. Diretamente abaixo, sob a superfície do mar, a sereia flutuava. Jill se abaixou e, ao olhar fixamente para a sereia, parecia que olhava para um espelho de obsidiana e que a sereia era seu reflexo lindo e perfeito. *Quem dera a sereia fosse realmente meu reflexo*, pensou Jill. Quem dera. Ela desejava tanto aquilo que o coração até doía.

Os olhos da sereia estavam mais arregalados, mais negros e mais verdes do que Jill se lembrava de ter visto, e os cabelos, iguais ao brilho da lua sobre a água à noite, flutuava para todos os lados debaixo das ondas. A sereia sorria para Jill.

— Linda menina — falou ela, de dentro d'água. — Linda e corajosa menina. Você fez algo para me defender e para vingar minhas irmãs. Posso sentir.

Jill se sentou na beira das pedras. Ela cruzou as pernas e mergulhou os dedos da mão na água gelada e agitada.

— Eu tentei — disse Jill. — Eu tentei.

A sereia olhou para ela, radiante.

— Sua linda e corajosa menina. Aqui — falou ela —, deixe-me beijá-la.

Então ela se ergueu da água, o corpo branco brilhando ao luar, as escamas verdes e pretas cintilando de forma sombria abaixo. Ela ergueu o rosto até o de Jill e levou seus lábios cobertos de espuma até a bochecha esquerda da menina. Ela sentiu os lábios roçarem contra sua pele, e era a coisa mais macia e mais doce que ela já sentira. Jill fechou os olhos. Sobre ela, uma enorme onda negra se ergueu.

A enorme onda se ergueu, então parou.

Em seguida, desceu com força sobre a sereia e a menininha. Ela empurrou o corpo de Jill contra as rochas afiadas e a arrastou, como uma força irresistível, cada vez mais para o fundo. Jill tentou espernear, lutar, mas apenas afundava mais debaixo das ondas. Ela abriu a boca para gritar, e água penetrou em seus pulmões. Ela abriu os olhos, e eles arderam por causa do sal. Mas ela conseguia ver. Ela conseguia ver a linda sereia, segurando seus pulsos com o rosto contorcido, demente. E, atrás da sereia, outras seis, disparando em sua direção com os rostos retorcidos, deturpados. Elas cantavam enquanto suas mãos agarravam os braços de Jill, as pernas de Jill, o cabelo de Jill. Elas cantavam:

Venha, venha, onde a tristeza nunca dá pista.
E onde você é vista como quer ser vista.
Venha, venha, o local de sombra e conquista,
Onde você nunca mais vai chorar, querida rapariga,
Onde você nunca mais vai chorar.

E finalmente, Jill viu o corpo de uma menininha, emaranhado entre as algas no fundo rochoso do porto. Estava pálido e flutuava sem vida, os olhos apontados fixamente na direção da superfície, sem ver nada.

Era uma mentira. A sereia tinha mentido.

O último suspiro saiu de dentro de Jill, as últimas forças morreram em seus braços, pernas e pulmões. Ela ficou mole. O mar ficou mais escuro.

Então, descendo pelo mar que escurecia, surgiu uma rede. Ela desceu e desceu, passando sobre as sereias como se elas não estivessem ali, como se não fossem nada mais que raios de luz da lua. Mas ela envolveu Jill e a aninhou, puxando-a para cima, para cima, para longe das mãos das sereias que a agarravam, para a superfície da água, sobre as ondas obsidianas e para o luar e o ar congelante e revigorante.

Jill foi colocada delicadamente sobre as pedras, e a rede, aberta. Ela tossiu e tossiu, derramando água do mar pela boca. Ela levantou o corpo com as mãos e botou tudo para fora até que a última gota de água salgada tivesse sido expelida. Então, recuperada, se sentou.

Um par de braços a envolveu. Braços pequenos e finos. Jill abriu os olhos. Ela podia ver apenas uma atadura branca. Então sentiu a pele de um anfíbio em seu pescoço.

Ela ergueu o olhar por cima da atadura que estava encostada em seu queixo, e viu que o homem barrigudo com a barba ruiva a encarava fixamente, balançando a cabeça. Parecia estar chorando.

— Eu te peguei dessa vez — sussurrou ele, como se para si mesmo. — Dessa vez, eu te peguei.

A atadura se afastou. Era João, segurando o sapo em suas mãos. O pequeno João estava sorrindo com os olhos úmidos. O homem de barba ruiva se aproximou e pegou Jill no colo, aninhando a menina com seu único braço bom, mantendo-a longe do com o curativo, e a carregou de volta na direção da taberna.

— Eu te disse — falou ele para a menina, enquanto caminhava, com João seguindo apenas um passo atrás. — Nenhum homem pode lançar uma rede que pegue uma sereia. Mas uma sereia com certeza pode lançar uma rede que pegue uma menininha.

O homem com a barba ruiva estava totalmente recuperado agora. O braço ficara numa tipoia por algumas semanas, e todas as noites ele removia as ataduras e limpava o ferimento com um uísque local. Ele disse que era melhor do que qualquer médico poderia fazer.

Seu coração estava melhor, também. Mas ele não precisou de uísque para isso. A estalajadeira contou a Jill que, pela primeira vez desde que sua filha tinha morrido, o homem da barba ruiva voltara a ser como era.

— Eu a peguei. — Era possível escutá-lo falar para si mesmo. — Dessa vez, eu a peguei.

O homem tratava João como um filho. João, que tinha visto Jill ir até a pequena cabana, que tinha visto o homem voltar para casa dos barcos pesqueiros, que tinha se perguntado o que estava acontecendo quando Jill passou correndo pela estalagem. João tentara sair correndo da estalagem atrás dela, mas não tinha visto aonde ela fora. Tudo o que restava fazer era ir até a pequena cabana. Ele encontrou o homem barbado, inconsciente no galpão, ainda sangrando.

— Ele salvou minha vida — falou o homem barbado, depois que eles contaram a história a Jill. — E a sua também.

Os dias corriam bem na pequena aldeia junto ao mar, e as pessoas tinham passado a amar João e Jill. Mas as crianças tinham que seguir em frente, pois continuavam longe do Espelho Mágico.

Além disso, a sereia ainda cantava à noite, atormentando Jill com sua linda canção.

Então as crianças perguntaram ao homem de barba ruiva se ele sabia onde eles poderiam encontrar duendes.

O rosto do homem ficou sombrio:

— Por que vocês gostariam de ver duendes? Esses duendes são uma raça diabólica.

— Estamos procurando um espelho — disse Jill. — O Espelho Mágico. Ele está na parte mais profunda da terra.

O homem passou a mão carnuda na barba ruiva. Balançou a cabeça.

— Se é o ventre da terra o que vocês querem... é verdade, os duendes podem levá-los até lá. Mas é mais possível que eles os prendam e os matem e os vendam como sucata.

João tomou um susto, mas Jill simplesmente cerrou os dentes e falou:

— Onde eles estão?

O homem se colocou de pé e caminhou com as crianças até o lado de fora da taberna. Na névoa da manhã, ele apontou para as montanhas.

— O Mercado dos Duendes fica naquela direção.

As crianças abraçaram o homenzarrão da barba ruiva e então partiram na direção das íngremes montanhas verdes atrás da aldeia. Eles se afastaram da pequena aldeia junto ao mar, do próprio mar, da montanha verde alta e, se o senso de direção não os enganava, de casa... e muito.

CAPÍTULO SEIS

O Vale Cinzento

Um belo dia, um garoto chamado João, uma menina chamada Jill e um sapo chamado Sapo caminhavam com dificuldade por montanhas altas e vales rochosos numa terra muito distante do reino de Märchen. Eles estavam cansados; estavam famintos; estavam com sede; e estavam de saco cheio de andar.

O céu parecia tão cinzento quanto as pedras soltas nas encostas das montanhas, que eram tão cinzentas quanto a grama encharcada nos vales rasos. O vento soprava frio e úmido, e seria cinzento também se tivesse cor.

Finalmente, João, Jill e o sapo se deixaram cair sobre uma enorme pedra lisa e se perguntaram se já estavam mortos.

— Tanta fome — resmungou Jill.

— Tanta sede — gemeu João.

— Tanta preocupação — falou o sapo. — Espero que não morramos de fome.

— Sim — disse Jill —, não morrer esfomeado seria ótimo.

— E não morrer essediado também — falou João.

— Essediado nem é uma palavra — disse Jill.

— Não é?

— Não.

— Então qual é a palavra?

— Não sei. Morrer de sede.

— Você pode morrer esfomeado. Por que não pode morrer essediado?

— Não sei. Simplesmente não pode.

— Ah.

Esse é, obviamente, o tipo de conversa vazia que acontece quando as pessoas estão lentamente perdendo o juízo.

Enquanto isso, o sapo observava o céu, como costumava fazer quando vivia em seu poço. Não era a primeira vez na longa vida daquele sapo que ele desejava estar no seu poço, com salamandras e tudo. Podia ouvi-las agora: “O que é fedorento?”, “Quando é fedorento?”, “Por que é fedorento?”, “Quem é fedorento?”, “Eu sou fedorento?”, “Quem é mais fedorento, Fred ou eu? Sou eu? Sou eu, não sou? Eu?”. Ele meio que sentia falta delas.

— Sapo, tenho uma pergunta — falou João, que agora estava deitado de barriga para cima, olhando fixamente para o céu.

— Manda.

— Como você fala?

Jill olhou para João, então para o sapo.

— É — disse ela.

O sapo suspirou. Ele intencionalmente *não* olhou para Jill:

— É uma história um pouco longa.

— Tudo bem — falou João.

— Tudo bem — ecoou Jill.

— Tudo bem o quê? — perguntou o sapo.

— Tudo bem, conte-nos a história — respondeu João.

O sapo pensou por um minuto. Continuava a intencionalmente *não* olhar para Jill. Até que finalmente, ele disse:

— Certo...

Então lhes contou a história de como veio a falar. Ele começou com o poço muito fedorento, seguiu com as salamandras muito irritantes, então descreveu a princesa com sua bola e assim por diante, até a parte em que ele criou um rastro de seu próprio sangue no caminho de volta para seu poço.

Quando ele acabou, João falou:

— Essa é uma boa história.

— Obrigado — respondeu o sapo.

— Minha parte favorita foi quando sua perna foi comida pela doninha — acrescentou João.

O sapo não agradeceu novamente.

Mas Jill estava em silêncio. Olhava fixamente para o enorme céu cinzento. Depois de um longo tempo, ela falou:

— Acho que era minha mãe.

O sapo a observou. Jill não falou mais nada. Mas ele podia ver que ela estava pensando. Pensando muito.

O sapo olhou para cima. Três pontos pretos tinham aparecido na nuvem pesada. Ele observou enquanto os pontos se transformavam em pingos, e os pingos, em manchas, e as manchas, em borrões, e os borrões, em pássaros, e os pássaros, finalmente, em corvos.

O sapo se atirou do bolso de João e se escondeu numa fenda escura debaixo de uma pedra. João e Jill olharam como se ele fosse louco. Então ouviram as asas.

Eles levantaram os olhos a tempo de ver três vultos negros planando e pousando sobre a pedra ao lado deles. As crianças encararam. Três corvos grandes e imponentes sacudiram sua plumagem e pararam, sombrios e soberbos, diante deles.

Uma sensação vaga de terror tomou conta das crianças.

— O que você acha que eles querem? — sussurrou João.

— Eu sei o que eles querem — sussurrou Jill em resposta. — São carniceiros. Estão aqui para nos comer depois que morrermos.

— O quê? — gritou um dos corvos.

Jill caiu para trás.

João se abaixou, como se algo estivesse prestes a atingi-lo na cabeça.

— O que ela acabou de dizer que nós faríamos? — perguntou outro corvo.

Os olhos de João estavam arregalados. A cabeça de Jill se inclinou, pensativa, para um lado.

— Eles disseram que vamos comer seus cadáveres — respondeu o terceiro corvo.

— Essa é a coisa mais repulsiva que já ouvi em muitos e muitos anos — declarou o primeiro.

— Aquele corvo acabou de *falar*? — murmurou Jill para João.

— Acho que todos eles falaram — sussurrou o menino em resposta.

— Por que vocês estão sussurrando? — sussurrou o segundo corvo. — Nós também podemos ouvir, sabe?

João e Jill se perguntaram, em silêncio, se estavam tendo alucinações.

— Sério, não sei por que vocês estão tão surpresos — disse o terceiro corvo. — Vocês viajam com um sapo falante.

— E por falar nele... — disse o segundo.

O sapo ainda estava tentando se enfiar na fenda entre a pedra e o solo. Na verdade, ele não era suficientemente magro e não queria admitir.

— O que ele está fazendo? — perguntou o terceiro.

— Imagino que esteja com medo de nós — respondeu o primeiro. — De fato, nós comemos sapos.

As três patas do sapo se sacudiram e se agitaram com energia renovada, atacando a terra debaixo da pedra. João esticou o braço, segurou o sapo e o colocou em seu bolso.

— Vocês não podem comê-lo — falou o menino, olhando com expressão séria para os corvos.

— Nem mesmo pensem nisso! — acrescentou Jill impetuosamente. Então, um pouco menos impetuosamente: — E como vocês sabiam que ele fala?

— Nós sabemos de coisas — respondeu o primeiro corvo.

— Sim — falou o segundo. — É meio que nosso *lance*.

Jill, torcendo o nariz, perguntou:

— Que tipo de coisas?

— Nós sabemos que vocês são João e Jill — disse o terceiro corvo.

— E que vocês estão com fome, com sede e perdidos — falou o segundo.

— E que vocês procuram o Espelho Mágico — terminou o primeiro.

O sapo colocou apenas um olho para fora do bolso de João.

— Eles sabem onde o espelho está? — sussurrou ele.

— Vocês sabem onde o espelho está? — repetiu João para os corvos.

— Sim, nós escutamos o sapo — disse o segundo corvo.

— Nós sabemos onde ele está... — começou o primeiro.

— Onde?

— Mas não vamos contar — concluiu o terceiro.

— O quê?! — gritou João. — Por que não?

— Porque o Espelho Mágico — disse o segundo corvo — não é o que vocês realmente procuram.

Ninguém falou por um instante. O vento uivava sobre as pedras escorregadias e as montanhas cinzentas.

Então Jill disse:

— É, sim. Se não o encontrarmos, *morreremos*.

O vento continuou a uivar por mais um momento, até que o segundo corvo falou:

— Certo. Acho que isso é verdade.

— Mas, queridas crianças, vocês estão con-fundidas — disse o terceiro corvo.

— Absolutamente — falou o segundo.

— Totalmente — disse o primeiro.

Jill falou:

— Se vocês se encontrassem com três corvos falantes, também não estariam?

— Na verdade, não — respondeu o terceiro corvo falante.

Mas o primeiro corvo falou:

— Não *confusos*. Vocês estão *con-fundidos*.

A testa de João se franziu:

— Qual é a diferença?

— Estamos felizes por você ter perguntado — respondeu o segundo corvo.

E o terceiro acrescentou:

— Embora soubéssemos que você perguntaria.

— Quando você está confuso — falou o segundo corvo —, você está com a cabeça embaralhada, certo?

— Certo — disse João.

— Bem, *con-fundido* significa embaralhado junto, fundido, misturado a algo... ou alguém.

O segundo corvo fez uma pausa dramática.

Depois de um momento, Jill comentou:

— Ainda não faço ideia do que vocês estão falando.

O primeiro corvo assumiu:

— Vocês, queridas crianças, estão con-fundidas. O que querem, o que pensam, as coisas em que acreditam, tudo se mistura ao que outras pessoas querem para vocês, ou acham que vocês deveriam querer, ou em que elas acreditam sobre vocês. Entendem?

Tanto João quanto Jill balançaram a cabeça e disseram:

— Não.

O terceiro corvo assumiu o controle:

— Jill, você está con-fundida com sua mãe. Você acha que ela é perfeita e que tudo o que ela faz é bom, e que você deveria ser exatamente como ela e fazer o que ela quer. Não é mesmo?

A boca da menina se fechou num bico. Ela deu de ombros.

— Você viu a seda?

Outro movimento dos ombros.

— Você realmente achou que ficaria bonita com ela? Antes de sua mãe dizer que ficaria?

Mais um.

O terceiro corvo se virou para João:

— João, por que você trocou sua vaca por um feijão?

João olhou para o corvo com uma expressão pesada. Ele também deu de ombros.

— Achou que era um bom negócio antes de Maria falar que era?

Outro movimento de ombros.

— Quando foi a última vez que discordou de algo que os garotos da aldeia disseram ou fizeram?

Mais um.

— Crianças! — exclamou o terceiro corvo, furioso agora. — Vocês estão con-fundidas. Total e completamente con-fundidas. E enquanto assim estiverem, nunca encontrarão o que procuram. Apesar de estar bem aqui.

João contorceu o rosto e olhou à volta.

Jill olhou para si mesma e de volta para os corvos.

— Quando vocês fizerem o que querem, não o que desejam... — falou o primeiro corvo.

— Quando vocês deixarem de procurar seu reflexo nos olhos dos outros... — disse o segundo.

— Quando vocês se virem face a face... — falou o terceiro.

— Então — entoaram os corvos em uníssono —, vocês terão encontrado o que realmente procuram.

João e Jill se olharam. A menina falou:

— Você sabe de que eles estão falando?

— Não faço ideia — respondeu João.

Eles se viraram para pedir mais explicações, porém os três vultos negros já estavam alto no ar. As duas crianças e o sapo observaram enquanto os corvos encolhiam cada vez mais contra o imenso céu cinzento, até que, finalmente, três pontos pretos desapareceram nas nuvens.

— Isso foi esquisito — disse Jill.

— Sim — respondeu João.

Depois de um momento, o sapo perguntou:

— O que devemos fazer agora?

Jill respondeu:

— Não sei, mas estou morrendo essediada.

João concordou:

— E eu estou prestes a morrer de fome.

CAPÍTULO SETE

O Mercado dos Duendes

Era uma vez um garoto e uma menina e um sapo parados no topo de uma montanha, olhando para um enorme vale abaixo. Duas estradas largas serpenteavam ao longe até chegar à parte mais baixa do vale, formando uma encruzilhada em seu centro. Em volta da encruzilhada e se expandindo pelo que deveriam ser cem acres, ficava algo que atingiu as duas crianças como um soco em todos os seus sentidos de uma vez só. Se vocês puderem imaginar como deve ser um soco em seus sentidos.

Assim que se recuperaram do choque que a imagem causou, eles reconheceram o que era aquilo. Era um mercado. O mercado mais fantástico que já existiu. Fragrâncias flutuavam até suas narinas e os chamavam. Uma música doce pairava no ar e os convocava. Bandeiras e tecidos brilhantes tremulavam delicadamente no vento repentinamente quente.

João e Jill se lançaram ladeira abaixo, escorregando e rindo e deslizando sobre seus traseiros até chegarem ao pé da montanha. Eles começaram a cruzar o solo plano do vale. Logo chegaram a uma pedra enterrada na terra. Talhadas na pedra havia palavras, que eles leram:

Entre, entre, faremos de você um comprador.

João e Jill, sem saber o que pensar, continuaram a caminhar. Depois de alguns metros, chegaram a outra pedra. Esta dizia:

Temos tudo que qualquer um já desejou.

Eles olharam para o mercado. Este parecia maior do que tinha parecido há um instante. Cheirava melhor também.

Três metros depois, eles chegaram a outra pedra. Estava escrito:

Você vai achar que cada vez mais alto flutuou.

O mercado parecia ainda maior agora. Eles continuaram a andar e chegaram a mais uma pedra.

Quando você finalmente conseguir o que sempre desejou,

—

Eles olharam para cima novamente, e o mercado desabrochara no horizonte, suas estacas e bandeiras perfurando o céu. Logo, eles chegaram a ainda mais uma pedra:

Sua vida parece afundar num atoleiro que o segurou...

João e Jill tinham quase certeza de que sabiam com que "segurou" rimaria. Como esperado, a próxima pedra dizia:

Por que você deixa? Leve o que você desejou!

Eles não estavam afastados do perímetro do mercado agora. Ele soava diante deles, como o oceano, chamando-os, convocando-os.

Eles mergulharam.

João e Jill se viram no meio do mercado mais magnífico que vocês poderiam imaginar.

Vamos lá, tentem imaginar o mercado mais magnífico que vocês poderiam.

Imaginaram?

Certo. Não é bom o suficiente. Não chega nem perto.

Para começo de conversa, o mercado que vocês estavam imaginando era cheio de duendes?

Ah, era?

Certo.

Mas ele tinha barracas vendendo pedras preciosas e lingotes de ouro do tamanho de sua cabeça?

Ele tinha pilhas de moedas, de bronze, prata e ouro, que se estendiam loucamente acima dos mercadores?

Tinha carpetes que levitavam, tapeçarias que dançavam e sedas que apareciam e desapareciam dependendo do ângulo da luz?

Tinha comida de todas as formas e tamanhos e aromas e sabores e cores, desde bolos amanteigados em forma de estrela a espetos de carne que pingavam óleo dourado?

Tinha um zoológico mecânico, onde tigres e pavões e crocodilos, todos feitos de engrenagens e pistões, mas cobertos com pelo, ou penas, ou pele de verdade, se moviam e rosnavam e guinchavam e grunhiam?

O mercado que vocês imaginaram tinha tudo isso?

Tinha?

Ah.

Certo.

Bem, para que vocês precisam de mim? Vão em frente e imaginem o resto do capítulo sozinhos.

Certo, parei de fazer drama.

—

Então João e Jill caminharam por esse mercado magnífico, maravilhando-se com as pedras preciosas e o ouro, com as tapeçarias dançantes, com a comida suculenta, com as feras mecânicas.

Mas, acima de tudo, maravilhando-se com os duendes.

Os duendes, vocês sabem, eram todos homens adultos, mas, mesmo assim, nenhum era mais alto que João ou Jill. Eles tinham olhos negros profundos, sem absolutamente nenhuma parte branca. E cabelo preto escorrido. Mas a pele era a coisa mais estranha. Era de um verde pálido — não tão verde a ponto de confundir com uma torta de limão; não tão pálida a ponto de vocês acharem que eles estavam apenas enjoados. Ficava no meio do caminho entre torta de limão e enjoo. Essa era a cor da pele dos duendes.

Agora, se vocês já leram livros com duendes, ou viram filmes com duendes, ou mesmo jogaram videogames com duendes, vão querer me dizer que estou errado e que duendes, na verdade, não se parecem nem um pouco com as criaturas que descrevi. Vocês vão querer me dizer que duendes têm corcundas, olhos vermelhos, orelhas e queixos pontudos, dentes afiados e pele muito, muito, muito verde.

Vocês devem saber que essa imagem que vocês têm dos duendes é uma terrível mentira. Ela começou a ser difundida por uma poderosa e onipresente fábrica de lápis de cera, cujo nome não será mencionado, quando seus funcionários descobriram que, por mais que tentassem, não conseguiam criar um tom de verde que reproduzisse o tom da pele de um duende. Eles fizeram claro demais, e os duendes pareciam enjoados; fizeram escuro demais, e eles se pareciam com fatias de torta de limão.

— Verde-duende!? — bradavam. — Impossível.

Então eles começaram a dizer às crianças que, na verdade, aquele verde-claro que já vinha na caixa era a cor exata e, como um bônus, que o vermelho era perfeito para os olhos. E querem saber? Todas as crianças acreditaram. Aposto que vocês também.

Bem, agora vocês conhecem a verdade. Pele verde pálido. E, como eu disse, olhos negros profundos, sem absolutamente nenhuma parte branca, e cabelos pretos escorridos que eles usavam de formas diferentes: repartidos para o lado, em rabos de cavalo, penteados para esconder a careca, e por aí vai. O rosto deles era diferente um dos outros, mas todos se pareciam com um homem de cerca de 50 ou 55 anos; alguns eram gordos, alguns eram magros, mas todos pareciam cansados por trabalhar demais.

E famintos. Por alguma coisa.

—

João e Jill seguiram cada vez mais para o centro do Mercado dos Duendes. Parecia infinito. As crianças caminhavam atordoadas, a vista passando, sem vida, por maravilhas maravilhosas demais até mesmo para descrever. Enquanto eles caminhavam, o olhar dos duendes os seguiam. Atrás de placas, debaixo de toldos, dentro de pavilhões pintados com cores fortes, os duendes observavam as duas crianças humanas, seus olhos escuros as acompanhando a cada passo inocente que davam.

De repente, João ouviu um som metálico. Vinha de uma rampa que parecia levar ao interior da terra. Naquele exato momento, Jill ouviu um grito cantado e pulsante:

Venha comprar nossas frutas do pomar,
Venha comprar! Venha comprar!

Os chamados vinham de uma parte do mercado cheia de barracas de frutas. Mesas exibiam pilhas de grandes uvas negras, domos de laranjas sanguíneas, cachos de cerejas cor de rubi. Atrás ou ao lado de cada mesa, duendes gritavam suas canções:

Maçãs e marmelos! Melões e framboesas!
Tudo maduro, meu irmão,
No clima do verão!

A boca de Jill começou a aguar.

— João! — gritou ela. — Temos que ir ao mercado de frutas!

Mas João já vagava na direção da rampa que levava ao interior da terra.

Jill não percebeu. Ela seguiu na direção dos vendedores de frutas. Eles gritavam, forçando sua voz de duende:

Uvas frescas diretas do cacho,
Romãs tão doces que são um esculacho!

Jill entrou nas barracas de fruta. Os duendes a observavam com a testa franzida. Suas mesas estavam cheias de frutas com cheiro doce. Jill passou a mão sobre maçãs lustrosas e tocou framboesas amarrotadas delicadamente. Os homens duendes sorriam para ela com os olhos sombrios e famintos. Seus gritos ficavam mais altos, mais insistentes:

Figos para encher sua boca,
Cidras que a deixam louca,
Linda imagem e belo paladar!
Venha comprar!
Venha comprar!

Os homens duendes observavam a mão de Jill passar pelas frutas. Eles sussurravam entre si, apontavam, sorriam.

De repente, um duende falou:

— Olá, minha bela!

E outro disse:

— Bom dia, minha linda!

— Como vai, formosura?

— Querida menina, compre um pêssego! Coma meus pêssegos!

— Ou minhas peras, doçura!

— Cerejas vermelhas para uma linda menina!

A jovem Jill observava os homens estranhos que a olhavam de soslaio. Seu coração batia num ritmo instável.

— Minha linda!

— Formosura!

— Venha comer minhas frutas!

— Coma as minhas!

— Coma as minhas!

Então um duende saiu de trás de sua barraca com uma maçã na mão. Jill parou. Ele veio em sua direção, chegando cada vez mais perto, até que seu corpo estivesse encostado no dela e seu rosto, a centímetros do da menina. Jill podia notar seu cheiro. Ela se sentiu estranha.

— Uma linda maçã para uma linda menina? — perguntou ele.

E ergueu o fruto vermelho até o nariz de Jill. Ela fechou os olhos e absorveu o aroma. Era intenso e tentador.

— Doce, não é mesmo? — perguntou ele.

Com os olhos ainda fechados, Jill assentiu.

O duende falou:

— Dê uma mordida.

Jill abriu os olhos. Ela viu o rosto do velho duende, sua pele tão perto da dela, os olhos escuros a estudando. E, naqueles olhos, ela viu o próprio reflexo. De repente, Jill pensou em outros reflexos que tinha visto — no espelho da mãe, no mar.

Algo parecia estranho.

— Não — disse ela, e empurrou a maçã para longe.

No entanto, mais duendes tinham saído de trás de suas barracas. Eles se aproximavam cada vez mais, observando Jill e o vendedor de frutas. Eles começaram a cercá-la com seu calor e seu cheiro. Logo a estavam pressionando, esbarrando, empurrando e segurando a menina.

— Bela menina! Coma minha fruta!

— Não, a minha!

— A minha, minha beldade! A minha!

Ela se sentia confusa. Eles estavam dizendo coisas gentis, mas, mesmo assim...

— Minha belezura!

— Minha querida!

— Coma! Coma!

Eles lambiam os lábios secos com línguas fortes e se acotovelavam para se aproximar de Jill, chegando cada vez mais perto.

— Parem! — gritou ela de repente. — Vão embora! — O suor dos duendes dominava as narinas de Jill. Ela podia sentir mãos ásperas e fortes em seu cabelo. — Saiam de perto de mim!

Mas eles não saíam. Eles chegavam mais perto e mais perto e mais perto.

— João! — gritou Jill. — JOÃO!

João estava parado em frente a uma das entradas escuras que levavam ao subterrâneo. Ele ouviu seu nome e se virou. Uma montanha de duendes fervia no centro do que parecia ser um mercado de frutas.

— JOÃO!

Ele apertou os olhos e deu um passo em direção à voz.

— JOÃO!

O menino viu uma das mãos magras de Jill aparecer acima da cabeça dos duendes.

E começou a correr.

Dentro do amontoado de duendes, Jill empurrava e esperneava e gritava.

— Linda menina! — gritavam eles.

— Formosura!

— Venha conosco!

— Fique conosco!

— NÃO! — gritou ela. — SAIAM DE PERTO DE MIM! — Ela virava a cabeça para um lado e para o outro enquanto os duendes tentavam empurrar pêssegos e peras e ameixas por seus lábios. — JOÃO! — berrou ela.

E assim que ela gritou, um duende musculoso, com rosto perverso, enfiou uma maçã em sua boca. Ela tentou afastar o rosto, mas, ao se mover, os dentes perfuraram a casca da maçã.

E Jill desmoronou.

—

João empurrava freneticamente as costas dos duendes apinhados, tentando abrir caminho até a prima. Mas os duendes eram surpreendentemente fortes. Um braço arremessou João para trás. Ele forçou passagem novamente.

— Jill — gritou ele. — JILL!

Então ele a viu, erguida por uma dúzia de braços de duendes, sendo carregada no alto e levada para longe. Ela parecia morta.

— JILL! — berrou ele, e tentou segui-la. Mas não conseguia passar do cordão de isolamento feito pelos braços dos duendes. João observou, desamparado, enquanto Jill era levada para uma das aberturas escuras na terra e sumia de vista.

— Temos que a seguir! — gritou o sapo. — Temos que salvá-la!

A poeira do chão se misturava aos aromas agridoces do mercado de frutas.

— Eu sei — disse João, apertando os olhos na direção do sol forte. — Eu sei.

João estava parado numa rampa que descia para dentro do solo. Ele observou o resto do Mercado dos Duendes — um mercado subterrâneo.

Barracas e cabanas de metal ressonante se estendiam na escuridão embaixo de um teto alto de pedra preta. O sapo enfiou os dedos nos ouvidos devido ao incessante *bleng, bleng, bleng* das barracas dos ferreiros. O mercado subterrâneo estava ainda mais pululante com vida e esquisitices que a parte na superfície. Milhares de barracas se estendiam ao longe, e entre elas passavam duendes com cestas e sacas de produtos. Além do mercado, muito, muito longe, ficavam edifícios mais altos.

Não havia nenhum sinal de Jill, ou do bando de duendes que a levara. Eles tinham desaparecido como a fumaça de uma fornalha na neblina baixa.

Mas João tinha que começar em algum lugar. Ele desceu até a escuridão, perguntando aos duendes enquanto passava:

— Você viu uma menina? Uma menina humana? Sendo carregada por duendes? Você a viu? Alguém a viu?

Ninguém tinha visto.

João continuou a vagar, passando por barracas com badulaques de metal, machados de ferro brilhante, pequenas adagas que não eram maiores que o dedo mindinho de João. E espadas. Espadas maravilhosas, mortais e lindas.

João viu uma espada de duas mãos de folha larga pendurada na frente de uma das lojas. Tinha uma lâmina longa e espessa, e ponta arredondada. Ele se perguntou quanto custava. Apesar de não ter nenhum dinheiro. Mas, mesmo assim, estava curioso. Examinou-lhe a guarda e encontrou, pendurado a esta, um pedaço de couro com um pequeno pergaminho no final. *Uma mão,* dizia o pergaminho.

— João — chamou o sapo —, vamos. Precisamos encontrar Jill.

João deixou a mensagem misteriosa de lado e se afastou da barraca.

Apenas alguns passos depois, ele viu outra espada, com filigrana de ouro por toda a lâmina, e pensou: *Não,* essa *é a espada para mim.* Não havia nenhum pergaminho preso a ela, então João abordou o duende corcunda que estava parado ao lado, conversando com outro ferreiro:

— Quanto custa esta espada?

— Uma mão — respondeu o duende, como se fosse óbvio, e voltou à conversa.

João pensou em pedir uma explicação. Mas não conseguiu pensar em nenhuma explicação possível para o preço "uma mão" que lhe permitisse comprá-la.

— João! — gritou o sapo. — Vamos!

— Certo — disse João. — Desculpe, eu estava só...

Mas ele parou ali, pois, pendurado num suporte para adagas, estava um pequeno punhal; uma lâmina fina e bastante inclinada sobre uma empunhadura sem guarda. Era deslumbrante.

Uma placa de madeira pintada a mão se encontrava sobre o suporte de adagas. Ela dizia: TODAS AS ADAGAS, UMA MÃO. João ficou parado em frente ao cartaz.

O sapo estava prestes a gritar com João novamente, mas um duende com rosto pálido e magro, e uma pequena barriga pendurada, perguntou a João se ele tinha gostado do que viu.

— Gostei — respondeu João. — Mas não entendo. O que isso quer dizer, "Uma Mão"?

— O que você acha? — perguntou o duende, os longos dedos de duende batucando na barriga flácida.

— Não sei — respondeu João.

— Você com certeza sabe — argumentou o duende.

João, alarmado e confuso, se virou e seguiu andando.

O sapo suplicava agora:

— João, temos que encontrar Jill.

João se sacudiu, como se tivesse acabado de acordar. O que havia de errado com ele? Era como se um nevoeiro estivesse diante de seus olhos. Jill tinha sido roubada! *Vamos lá!*, pensou ele. *Acorde! Vá achá-la!*

E então ele viu uma pequena clareira entre os ferreiros fabricantes de armas. No centro da clareira, num altar de pedra, havia uma espada sobre um cobertor de veludo amarrotado. Sua lâmina era do tamanho do braço de João; a empunhadura, de ferro revestido com couro. Sua guarda parecia a própria simplicidade, e seu pomo, apenas uma bola de ferro. Não era longa nem curta, nem brilhante nem fosca, nem nova nem velha.

E, ainda assim, havia algo na espada que era diferente das outras que João vira. Parecia não haver nada especial nela, pensou João, a não ser o fato de que era exatamente como ele sempre acreditou que uma espada deveria ser. Na verdade, ele suspeitava que a reconhecia de algum lugar.

João caminhou até ela. Deu a volta na mesa. Esticou a mão para tocá-la. Ela pareceu saltar para sua mão, tal raspas de metal em um ímã. João admirou a espada. Então a reconheceu.

Era exatamente igual à espada de seus sonhos.

— Ela gosta de você — disse um duende, que repentinamente apareceu junto ao seu ombro. — Esse é um bom sinal.

João a segurou, e ela parecia uma extensão de seu braço.

— Ela é perfeita — falou João.

— João! — sussurrou o sapo.

— É verdade — disse o duende. — Essa é a espada com que você sempre sonhou. Vá em frente. — Ele sorriu. — Pode testá-la.

João assentiu e se afastou da mesa. Ele manejou a espada no ar. O vento parecia cantar quando ela passava. Todos os duendes nas barracas próximas pararam o que faziam e se viraram para observar João. Ele golpeou novamente. Os olhos negros dos duendes silenciosamente seguiam o movimento da espada.

O sapo colocou a cabeça para fora do bolso de João:

— João, você pode me escutar?

O menino não respondeu.

— O que você quer ser, meu garoto? — perguntou o duende.

E, sem hesitação, sem nem mesmo perceber o que dizia, João respondeu:

— Quero ser respeitado.

— Com essa espada, você será temido por todos — garantiu o duende.

João golpeou com a espada novamente.

— Quero ser admirado — disse João, de forma mais vigorosa dessa vez.

— Você será! — respondeu o duende. — Você será!

— João? — gritou o sapo.

João girou com a espada e cortou o ar. Ele estava gritando:

— *Quero que todos gostem de mim!*

— Oh, eles gostarão! Eles gostarão! — bradou o duende. — Todos vão gostar de você! — Então acrescentou: — E isso vai apenas lhe custar a mão.

João se viu golpeando um rapaz que se parecia muito com Maria — quando a ponta da espada afundou. Ele a deixou cair no chão. Lentamente, se virou para o duende.

— O que isso quer dizer? — perguntou ele. — Eu não compreendo.

— Nem uma única moeda de ouro. Nem de cobre. Nada além de sua mão. — Então o duende acrescentou: — A esquerda, é claro! Não a que maneja a espada! — E sorriu, como se estivesse fazendo um favor a João.

Certo, tenho uma pergunta para vocês.

Se o duende está mentindo e aquela é apenas uma espada normal, trocar sua *mão* por ela é provavelmente um mau negócio. Não é?

Mas eu posso lhe dizer agora mesmo — e sei disso por causa de minha extensiva pesquisa sobre o assunto — que o duende *não* está mentindo.

Qualquer um que troque sua mão por uma espada de duende receberá todo o poder da espada. Ela dará a João o que ele sempre mais desejou. De verdade.

E isso custará apenas sua mão esquerda.

Pense no que você mais deseja. Realmente pense.

Certo.

Você daria sua mão por isso?

João parou e olhou para o duende. Tinha parecido uma brincadeira, manejar a espada, até agora.

Até ele saber que poderia tê-la.

E que isso tinha um preço.

— Humm, João... — falou o sapo. — João... É uma piada?

O duende falou:

— Você será admirado por todos... *todos*... — E Depois: — Você pode dar a mão direita se for mais fácil se separar dela.

— Todos gostariam de mim... *todos*... — murmurou João.

— João, você pode me escutar? — suplicou o sapo. — João, isso é loucura! É apenas uma espada... Vamos encontrar Jill e dar o fora daqui...

Mas João não o escutou. Ele estava dizendo:

— Eles vão gostar de mim. Eles vão me amar. Eles vão me temer... — Ele sabia que era verdade. Podia sentir o poder da espada se alastrar por seu braço.

— João! JOÃO! — gritou o sapo.

João segurou a espada firmemente com a mão direita.

Olhou nos olhos do duende.

E assentiu.

— Chamem o boticário! — gritou o duende.

Em um instante, um boticário apareceu, um duende baixo e atarracado com uma pasta preta na mão. Ele se aproximou e tirou algumas garrafas e ataduras da pasta.

O sapo estava berrando:

— PARE COM ISSO, JOÃO, PARE COM ISSO!

O menino não prestou atenção.

— Coloque a mão esquerda sobre o veludo — disse o duende fabricante de espadas.

João posicionou a mão sobre o veludo.

— Com a mão direita, erga a espada no ar — falou o duende.

Com a mão direita, João ergueu a espada no ar.

— Quando estiver pronto, pode decepar sua mão — disse o duende.

O coração de João parou.

— *Não faça isso* — sussurrou o sapo freneticamente. — *João, você vai se arrepender. Vai se arrepender muito.*

João pensou em Maria, rindo dele. Pensou no pai. *Isso provará que você é um homem.* Ele prendeu a respiração.

A lâmina começou a cantar.

CAPÍTULO OITO

Morte ou a Donzela

Era uma vez uma menina — desacordada e inconsciente — que foi carregada pela escuridão subterrânea do Reino dos Duendes. Ela foi levada até um enorme palácio preto. Este exibia altas torres espichadas, que pareciam ter sido moldadas pelo lento pinga-pinga-pinga de água subterrânea. Alas e anexos se estendiam do centro, como enormes pernas de aranha. Bandeiras de muitas cores agitavam-se nas muralhas e nas torres — mas, na escuridão da terra, elas se pareciam meramente com sombras tremulantes de cores. Em cada uma das mil janelas, uma chama alaranjada bruxuleava.

Mas Jill não viu o eminente castelo preto. Ela estava, como eu disse, inconsciente.

Ela não sentiu quando foi passada das mãos fortes dos mercadores de frutas às mãos ainda mais fortes dos guardas duendes.

Ela não sabia que estava sendo carregada por corredores escuros bem no centro do castelo, que ficava bem no centro da terra. Ela não viu o duende com rosto preocupado e olhos velhos e profundos a examinando. Ela não sentiu o calor de sua pele, tão próxima que ele poderia tê-la beijado, nem o cheiro do hálito rançoso de sua boca. Ela não ouviu quando ele chamou um duende sorumbático que esperava num canto; não ouviu os trincos de um baú decorado se abrirem; não viu o longo e estranho instrumento ser retirado do baú. Ela não viu sua ponta afiada se aproximar lentamente, muito lentamente, de suas pálpebras fechadas.

Se tivesse, ela sem dúvida teria gritado.

Ela não percebeu — pelo tato ou pela visão — a aplicação delicada de maquiagem em seu rosto com o longo e estranho instrumento. Nem o azul nas pálpebras, nem o blush nas bochechas, nem o vermelho nos lábios. Ela não sabia que seus cabelos estavam sendo penteados por delicadas mãos de duendes. Ela não sentiu o frescor do ar úmido em seu corpo enquanto era despida e vestida novamente, com as sedas mais refinadas. Ela não sentiu seu corpo ser erguido novamente.

A primeira coisa que Jill sentiu foi um aperto dolorido nos punhos e tornozelos. Seus olhos ainda estavam fechados, e ela se sentia zonza. A segunda coisa que sentiu foi que ela não era capaz de abrir a boca. Os olhos se abriram de supetão.

Ela estava sentada num trono alto, no centro de um enorme salão. O teto se elevava sobre sua cabeça. As paredes de pedra preta foram decoradas com enormes tapeçarias de 10 metros de altura. Diante dela, vinte duendes, vestidos com armaduras e carregando lanças, perfilavam-se, as costas viradas para ela, e, depois deles, outros formavam uma fila indiana tão longa que chegava até o exterior do salão.

Jill tentou abrir a boca novamente e descobriu que um lenço largo de seda fina mantinha seus lábios fechados. Tentou levantar as mãos para tirar a mordaça e descobriu que estavam amarradas, com a mesma seda, aos braços do trono. Tentou ficar de pé, e descobriu os tornozelos também amarrados ao trono.

— Ela acordou! — anunciou um duende com voz poderosa, um rosto preocupado e olhos velhos e profundos.

A longa fila de duendes começou a se mover. Jill observava com medo mudo enquanto o primeiro se aproximava de seu trono. Ele vestia um terno verde brilhante, que não combinava nem um pouco com a pele verde pálida. Ele tirou um chapéu verde gigantesco, com uma enorme pena amarela da cabeça. Depois sorriu para Jill e falou:

— Majestade, você é linda.

Jill ficou muito confusa. *Majestade?*

O duende abriu um sorriso mais largo:

— Você é brilhante como a lua, linda como uma flor. Eu a vejo, e meu coração dói.

Contra sua vontade, e contra tudo o mais — suas mãos e seus pés amarrados, a mordaça, o sequestro aparente — Jill ruborizou.

O próximo duende, adornado com um tecido prateado, anunciou:

— Minha Rainha, você brilha como um diamante. — Ele olhou para seu rosto. Bem baixinho, completou: — Nunca vi ninguém tão bela.

As bochechas de Jill ficaram quentes, e ela desviou o olhar.

O terceiro duende disse a Jill que estava atônito com suas feições perfeitas. Jill ficou chocada ao descobrir que, debaixo da mordaça de seda, ela sorria.

O quarto duende falou que, agora que a tinha visto, sonharia com ela à noite. Novamente, o rosto de Jill ficou vermelho e quente. O quinto duende admirou cada detalhe de seu rosto:

— Seu nariz é como um pequeno morro, brilhante e limpo. As bochechas são como almofadas rosadas. O cabelo se parece com grama. A cabeça tem o formato de...

E por aí vai. Jill deu uma risadinha ao pensar que alguém se interessava tanto pelo formato de sua cabeça.

Mas, quando chegou ao nono duende, Jill estava entediada.

No décimo quinto, ela mais uma vez testava os lenços de seda que a amarravam.

E no vigésimo oitavo, Jill não se importava com *o que* eles pensavam dela.

O que ela achou surpreendente.

Porque, finalmente, Jill estava sendo admirada — adorada — por sua beleza.

Exatamente como sempre tinha desejado.

E, no final das contas, ela não gostava nem um pouco daquilo.

O quadragésimo duende não louvou sua beleza. Em vez disso, se jogou no chão e chorou:

— Rainha, sou fiel a você! Você é tão rara quanto marfim, tão fresca quanto a primavera. Arriscarei minha própria vida para ser seu marido. Quer se casar comigo?

Jill o encarou. Ela não sabia o que dizer. Então lembrou que não podia dizer nada porque estava amordaçada.

Mas ela não precisou falar, pois houve um movimento repentino. Dois guardas tinham se afastado do grupo de vinte que continuava parado diante do trono. Eles se aproximaram do pretendente duende e bateram com os cabos de suas lanças no chão de pedra. Bradaram:

— Você arriscará sua vida para adorar e proteger esta donzela?

— Arriscarei! Arriscarei! — exclamou o duende.

— Tragam o baú! — berraram os guardas duendes. Quatro outros guardas se aproximaram com um enorme baú de ferro, suspenso entre duas longas estacas. — Nesse baú — disseram os guardas, cada sílaba perfeitamente no ritmo — estão dois pergaminhos. Um diz "Morte!". O outro diz "A Donzela!". Se pegar "Morte!", será morto bem aqui, imediatamente. Se pegar "A Donzela!", você se tornará seu marido até o fim de seus dias, e você e ela passarão incontáveis horas sozinhos, empenhados em quaisquer atividades que deem prazer a ela. Você compreende?

— Por Deus, sim! — gritou o duende. — Deixe-me escolher!

Jill, por outro lado, *não* compreendeu. Ela lutou contra os lenços de seda.

— Apresente-se para ser vendado! — ordenaram os guardas, e o duende foi vendado.

Os dois soldados se posicionaram atrás do vendado pretendente duende e apontaram as lanças para suas costas.

O baú foi colocado diretamente à frente do pretendente.

Será que eles podem me obrigar a me casar com ele?, pensou Jill freneticamente. *Eles não podem, certo?*

O baú foi aberto. O pretendente esticou o braço.

E retirou um pequeno pergaminho.

Ele o segurou diante do rosto vendado, a expressão contorcida em excitação grotesca. Jill olhou fixamente para ele e se sentiu enjoada.

O duende arrancou a venda e examinou o papel.

— Não! — gritou ele, e os dois guardas duendes parados atrás dele golpearam com lanças e atravessaram seu corpo com o terrível som de algo sendo esmagado e rasgado. As pontas das armas saíram, vermelhas e cobertas de vísceras, do outro lado. O duende caiu — bem morto — no chão.

—

Sinto muito. Esqueci de prepará-los para o que estava por vir. Fiquei muito entretido contando a história. De qualquer forma, agora já acabou.

Jill, ao ver o duende morto, sentiu uma mistura de horror e alívio que achou muito confusa.

Quatro duendes vieram correndo sabe-se lá de onde, levaram o cadáver e limparam o chão. Tudo o que havia restado do desafortunado pretendente foi removido, e a fila continuou como antes.

Mais alguns admiradores passaram. Então, outro duende se jogou no chão e proclamou seu amor imortal por Jill.

A menina olhou para ele, alarmada, e tentou freneticamente se livrar do trono a fim de se salvar do casamento, ou salvar o duende da morte.

Mas os dois soldados duendes se aproximaram e o interrogaram, em seguida os quatro duendes vieram com o baú.

Novamente, o duende tirou um pergaminho do enorme baú.

Novamente, ele o segurou diante do rosto vendado enquanto tremia de excitação.

E, novamente, ele removeu a venda, examinou o papel, gritou em agonia e teve as costas perfuradas pelas duas lanças. Sangue esguichou de seu peito, como um chafariz, espirrando no baú e nos dois guardas e depois, quando ele tinha desabado, escorrendo lentamente de seu corpo e fluindo entre os paralelepípedos.

Desculpe, desculpe! Esqueci completamente! Última vez! Prometo!

Os quatro duendes encarregados da limpeza se aproximaram, esfregaram o chão com panos vermelhos, e, um minuto depois, a fila andava novamente.

Jill ficou enjoada.

Cada duende que passava contava a Jill sobre sua beleza celestial, sobrenatural, transcendental. Eles olhavam fixamente para seu rosto e sorriam de forma insinuante e amável.

Ela achava aquilo revoltante.

E a cada três ou quatro, um declarava seu amor imortal, era apresentado ao baú e acabava sumariamente morto.

Depois de o décimo quinto duende ter as costas perfuradas por lanças, Jill começou a nutrir sérias dúvidas sobre a honestidade do teste. Segundo seus cálculos, se havia dois pergaminhos no baú, um dizendo "Morte!" e o outro dizendo "A Donzela!", ela teria se casado com metade dos duendes no salão agora.

Três duendes seguidos declararam seu amor imortal por Jill, e todos os três morreram nas pontas das lanças. O último teve convulsões no chão, gritando de dor, enquanto sangue borbulhava de seu corpo, como uma fonte termal, e corria pelo chão em ondas rubras, até bater nas pernas do trono, como água contra as pedras na praia.

Opa! Falha minha! Sinto muito!

Jill olhava fixamente. *Como é possível*, se perguntava ela, *que nem um único duende tivesse tirado* "A *Donzela*"? Mas ela não teve muito tempo para pensar naquilo, pois, repentinamente, parado diante dela, estava João.

Ele parecia, de alguma forma, diferente.

Os olhos da menina viajaram dos cabelos pretos bagunçados do garoto até os olhos, que pareciam mais firmes, mais decididos, do que ela já tinha visto antes, até sua boca fechada, o queixo trêmulo, os ombros — será que eles estavam mais largos agora? —, descendo por seus braços finos, passando por seus cotovelos e pulsos, e chegando às suas mãos...

Ela parou.

Confusos? Bem, permitam-me voltar à história de João por um instante.

Foi apenas pouco tempo antes daquilo que João estava parado, com a espada dos sonhos erguida e a mão esquerda esticada sobre uma cama de veludo.

— *Não faça isso* — sussurrou o sapo freneticamente. — *João, você vai se arrepender. Vai se arrepender muito.*

João pensou em Maria, rindo dele. Pensou no pai. *Isso provará que você é um homem.* Ele prendeu a respiração.

A lâmina começou a cantar.

Foi aí que paramos, não foi?

Apenas checando.

—

A espada dos sonhos de João se chocou contra o chão.

O sapo chorava silenciosamente.

Nem o vendedor duende nem o boticário se moveram.

João olhou para eles, e então para a espada, e então para sua mão.

Ele se sentia diferente. Muito diferente.

Flexionou a mão direita.

Então flexionou a esquerda.

— O que aconteceu? — perguntou o vendedor.

— Você desistiu! — gritou o sapo. — Ooooba! Ooooba! Ele desistiu!

João falou:

— Por um minuto, fiquei muito con-fundido. — Ele balançou a cabeça, como se estivesse despertando de um sonho. Em seguida: — Onde está Jill?

O duende, tentando esconder a frustração, abriu um sorriso amarelo:

— Você tem certeza de que não quer a espada? Tudo o que você sempre desejou se tornará realidade! Realmente! Realmente e verdadeiramente!

Os olhos de João ficaram turvos novamente. Mas outra vez ele balançou a cabeça com força. E falou a coisa mais sábia que provavelmente já tinha falado. Foi:

— Talvez eu venha desejando as coisas erradas.

E deu as costas ao duende.

Enquanto se afastava, disse a si mesmo:

— Quero recuperar Jill.

Então ele voltou para onde tinha começado, e metodicamente seguiu o caminho de Jill. Ele fez perguntas e escutou conversas escondido, e descobriu seu caminho entre as barracas do mercado subterrâneo, passando pelas casas altas e tortas da cidade dos duendes e finalmente chegando à sombra de um enorme castelo escuro. Lá, João viu uma fila de duendes que ia até o lado de fora. Ele lhes perguntou por que esperavam ali. Então se juntou à fila e também esperou.

E agora Jill observava enquanto João se aproximava, os dentes cerrados e o rosto sério. Ele parecia diferente de alguma forma. Mas não em seu rosto, nem nos ombros, nem nas mãos. Talvez fosse apenas por dentro.

Quando Jill ponderava sobre isso, o menino anunciou:

— Quero me casar com a rainha.

Jill gritou por baixo da mordaça. Ela balançou a cabeça freneticamente para impedi-lo. O sapo sussurrava loucamente em seu bolso:

— João! Ela é sua prima! Isso é permitido por lei? Não acho que seja! E vocês não são um pouco jovens demais para juntar os trapos? Por fim, pense no fato de que *eles vão matá-lo*! João! Você está me ouvindo?

Mas ele não estava.

Enquanto isso, uma comoção havia se espalhado entre os duendes no salão:

— É um humano!

— Ali está um humano!

— Aquele ali é um humano?

Dois guardas tinham se apresentado. Eles bateram com os cabos das lanças no chão de pedra.

— Você arriscará sua vida para adorar e proteger esta donzela? — bradaram os guardas em uníssono.

João olhou para Jill e sorriu:

— Sim. Arriscarei.

— Não! — Quis gritar Jill. — João! É uma armadilha! Não é um teste honesto!

Tudo o que ela realmente falou foi:

— *Nnnnnnnjjjjjjjttttrrrrnnnffrrrrrrtttttt!*

Enquanto isso, o salão explodiu num estrondo. Duendes gritavam e berravam para João:

— Ela é nossa!

— Deixe-a em paz!

— Humanos não são permitidos!

— Tragam o baú! — gritaram os guardas duendes, e quatro outros guardas se aproximaram com o enorme baú de ferro, suspenso entre duas longas varas. Novamente, eles explicaram o procedimento. — Neste baú — anunciaram os quatro guardas em uníssono — estão dois pergaminhos. Um diz “Morte!”. O Outro diz “A Donzela!”. Se pegar “Morte!”, será morto bem aqui imediatamente. Se pegar "À Donzela!", se tornará seu marido até o fim de seus dias, e você e ela passarão incontáveis horas sozinhos, empenhados em quaisquer atividades que deem prazer a ela. Você compreende?

João assentiu bruscamente.

Jill lutava contra os lenços que amarravam seus punhos e tornozelos. *Não, João... Não...*

João foi vendado. Dois soldados apontaram as lanças para as costas de João.

O baú foi colocado diretamente em frente a ele.

A tampa foi levantada com um rangido lento.

Jill observava, sem conseguir mais respirar, enquanto a mão de João se movia na direção da escuridão de ferro do baú.

— Espere.

Era a voz de João.

— Espere — falou ele novamente. — Você jura, pela honra de seu reino e de sua rainha, que este é um teste honesto?

Houve uma pausa. O enorme salão estava num silêncio mortal. Então, um dos guardas duendes, aquele com a voz forte e o rosto preocupado e os olhos velhos e profundos, disse:

— É um teste honesto.

— Pela honra de seu reino e de sua rainha? — insistiu João.

Houve outra pausa. Finalmente, João ouviu:

— Pela honra de meu reino e de minha rainha!

João assentiu. Ele colocou a mão no baú e tirou um pedaço de papel.

Jill não respirava havia mais de um minuto a essa altura. Sua cabeça estava leve. Ela não conseguia sentir as mãos e os pés.

João colocou o pedaço de papel na boca e começou a mastigar.

Por um instante, Jill não fazia ideia do que estava acontecendo.

Então o salão explodiu:

— O que aconteceu?

— O que ele fez?

— Façam-no parar!

Esses gritos e mais outros explodiram entre os homens duendes. Eles subiam uns nos outros, apontavam e uivavam.

João terminou de mastigar o papel, levantou-se e tirou a venda.

— Bem? — falou ele, engolindo os últimos pedaços polpudos. — Qual deles eu escolhi?

Os guardas duendes olhavam fixamente para ele, com a boca aberta. O sapo colocou a cabeça para fora do bolso de João e gritou:

— Como vamos saber? Você comeu o papel, seu idiota!

— Bem — respondeu João, tornando a voz suficientemente alta para que todos no salão ouvissem —, por que vocês não checam o que está no baú agora? Se o pergaminho restante disser "A Donzela!", então claramente escolhi "Morte". Se, por outro lado, disser "Morte!", devo ter escolhido "A Donzela!".

Houve outro momento de silêncio no salão, e então, por baixo de sua mordaça, Jill começou a rir.

Ela não conseguia evitar. Ela riu e riu e continuou rindo.

O duende com os olhos profundos e rosto preocupado começou a dizer:

— Veja bem... então... não é estritamente...

Mas os outros duendes protestaram:

— Ele está certo!

— É bom senso!

— O que o outro pedaço de papel diz?

O duende com os olhos profundos olhava de forma preocupada para eles e então se virou com uma expressão sombria para João. Ele caminhou até o baú, colocou a mão no interior e ergueu o papel. Em seguida fechou os olhos como se estivesse com raiva de si mesmo e falou em voz baixa:

— Está escrito "Morte!".

Um rugido veio dos duendes no salão. Eles gritaram xingamentos raivosos para João, amaldiçoaram a própria sorte por chegarem tarde demais, praguejaram contra o duende com a voz grave, por permitir que um humano levasse sua rainha. Eles estavam tão furiosos que vocês poderiam colorir o rosto de todos os duendes com aquele verde que a fábrica de lápis de cera produz, e acertariam a cor perfeitamente.

João saltou na direção do trono e removeu a mordaça de Jill. Ela estava sorrindo.

— Seu tolo maluco — disse. Ele rasgou os lenços de seda em seus tornozelos e pulsos, e ela se jogou em seus braços.

Então eles se viraram. Vinte guardas duendes com lanças reluzentes posicionavam-se em um círculo em volta deles. No centro estava aquele de rosto preocupado, voz forte e olhos velhos e profundos. Ele não parecia feliz.

CAPÍTULO NOVE

A Descida

Era uma vez um garoto chamado João e uma menina chamada Jill que tiveram um pouso forçado no chão de pedra de um pequeno cômodo.

Guardas duendes entraram aos montes no quarto atrás deles, seguidos pelo duende com olhos velhos. Ele caminhava lentamente. Parecia que sempre andava daquele jeito, como se não houvesse nada no mundo que pudesse apressá-lo, nada no mundo que o preocupasse, nada no mundo que aqueles velhos olhos não tivessem visto.

— Esperto. — Sua voz rica reverberava no pequeno quarto. — Fui derrotado. Begehren não costuma ser derrotado.

João e Jill ficaram de joelhos. Jill apertou os olhos ameaçadoramente na direção do duende.

Seu uniforme era o mesmo de todos os outros guardas. Mas a idade e a sabedoria no rosto o diferenciavam, como um cisne de um pato.

— E eu não gosto nada disso — acrescentou ele. — Então contem-me, e contem-me depressa: O que vocês querem?

Jill se colocou de pé.

— Queremos o Espelho Mágico — disse ela.

O duende Begehren tomou um susto, como se tivesse sido atingido no estômago. Ele falou:

— Querem o quê...?

— O Espelho Mágico.

Junto às paredes do quarto, os guardas duendes começaram a murmurar entre si. Begehren esfregou as mãos. Ele sussurrou:

— Vocês querem, não é? O Espelho Mágico...

— Você sabe onde está? — perguntou João.

Jill falou:

— Claro que ele sabe... apenas olhe para ele.

Begehren olhou para um ponto não muito afastado. Então, repentinamente, ele se inflamou:

— O quê? Oh, sim. O Espelho Mágico. Eu sei onde está. Mas ninguém o procura há mil anos. — Seus olhos profundos estudaram o rosto das crianças. — Como sabem sobre ele?

João hesitou. Mas Jill respondeu:

— Nós juramos que o encontraríamos. Juramos por nossas vidas.

O duende sorriu:

— Ah. Mas para quem vocês juraram?

— Para uma velha senhora — disse Jill.

— Uma velha senhora maluca — acrescentou João.

Os olhos de Begehren se estreitaram:

— Ela não tinha por acaso olhos azuis pálidos e um rosto que se parecia sinistramente com o de um bebê, tinha?

João e Jill assentiram cautelosamente.

— Ah. — Begehren sorriu. — Os Outros foram até seu reino. Uma pena para vocês. E como — perguntou ele — vocês devem carregar o Espelho de volta para essa "velha senhora maluca"?

— O que você quer dizer? — perguntou João. — Ele é... muito pesado ou algo assim?

— Se é pesado?! — O duende riu. — É o maior tesouro da história do mundo!

As duas crianças agora se assustaram, como se *elas* tivessem sido atingidas no estômago.

Os olhos do duende se turvaram enquanto ele falava:

— É um tesouro tão maravilhoso que um rei poderia trocar seu reino por ele e ser considerado um homem sábio. As escrituras antigas dizem que o sol se torna fraco quando a face brilhante de suas riquezas é revelada ao céu. Peregrinos viajariam o mundo inteiro apenas para vê-lo. Ele era o orgulho, o guia e o propósito do Reino dos Duendes.

"Vejam bem, a era dourada do Reino dos Duendes durou mil anos — continuou Begehren, e sua voz era tão densa e forte quanto madeira polida. — Fomos regidos por sábios infalíveis. E eles tomaram cada decisão consultando o Espelho Mágico."

João estava pronto para perguntar, *Como você consulta um tesouro?*, mas Jill o fez ficar quieto.

— Eles consultavam o Espelho Mágico, e, tão sábio quanto era valioso, este sempre lhes dizia a verdade. Era, como eu disse, uma era dourada. Mas, infelizmente — continuou o duende —, vivemos agora numa era de erro; nós vemos, não com o Espelho, mas sem clareza. Pois chegou um dia, horrível e sombrio, em que uma coisa maligna irrompeu do ventre da terra. Ela era enorme e cruel; uma besta diferente de qualquer coisa vista anteriormente. Queria devastar nosso reino. Enviamos nossos vastos exércitos contra ela e demos as vidas para defender o reino... e nosso Espelho.

"As histórias que sobrevivem daqueles dias de guerra, quando o destino do povo duende estava em curso, são nossos maiores épicos e nossas maiores tragédias. Pois, no fim, embora nossos soldados tenham lutado até a morte, nosso exército não foi páreo para a besta do centro da Terra. Para o Eidechse von Feuer, der Menschenfleischfressende."

— O quem? — perguntou João.

— O Eidechse von Feuer, der Menschenfleischfressende — repetiu o duende.

Vocês querem dizer essa palavra, não querem? Como vocês poderiam não querer? Quero dizer, qual é? São tipo treze sílabas.

—

É assim:

AI-DEC-CÊ VON FÓI-ER, DER MEN-CHEN FLAICH--FRÉS-ENDE.

Viram? Não foi tão ruim.

Agora, espero que vocês a pronunciem toda vez que eu a escrever, porque levo um minuto e meio para digitá-la, e, se vou ter todo esse trabalho, é melhor que vocês também o tenham.

— O que isso quer dizer? — perguntou João.

— Bem — respondeu Begehren —, esse é o nome da besta. Mas, traduzindo aproximadamente, Eidechse von Feuer, der Menschenfleischfressende significa algo como "Lagarto-que-é--feito-de-fogo-e-come-carne-humana".

— Ah — disse João. — Claro.

— O Eidechse von Feuer, der Menschenfleischfressende era invencível. Feito de osso e fogo, nem mesmo uma vez, em todas as grandes batalhas que os duendes travaram contra ele, chegou a ser ferido. — Os olhos profundos de Begehren pareciam ficar turvos com as memórias, como se ele mesmo tivesse visto aquela terrível guerra, há mil anos. Talvez tivesse. — Ele mata instintivamente, como se tivesse nascido para isso. Se ele simplesmente respirasse em sua direção, você seria transformado num pedaço de carvão. É a mais cruel e perfeita máquina de morte que já viveu.

"Eidechse von Feuer, der Menschenfleischfressende tomou o Espelho Mágico de nós e se recolheu com ele em seu covil no ventre da Terra. Nossos reis estavam mortos, nossos heróis, derrotados. Agora cabe a mim, por mais inadequado que seja, cuidar do reino até que o Espelho seja recuperado e que nossos reis-sábios e heróis retornem.

João e Jill quase sentiram pena dele.

Begehren olhava fixamente para eles. Com seus dedos verdes de duende, ele brincava de forma pensativa com um único fio de cabelo comprido, que crescia na ponta do queixo.

— Mas vocês — disse ele —, vocês juraram encontrar o Espelho Mágico.

João e Jill hesitaram.

— Por suas vidas, vocês disseram.

O sapo começou a tremer.

— Bem — anunciou Begehren, repentinamente sorrindo —, o que estão esperando?

Eles viajaram em algo como uma carruagem. Era dourado, majestoso e muito luxuoso. Mas, como todas as coisas luxuosas, aquilo tinha muito em comum com uma jaula. Jill olhava fixamente, através das barras prateadas, para as alamedas escuras e sinuosas do Reino dos Duendes. Ruas de paralelepípedos se contorciam até sair de vista, e edifícios de quatro andares se erguiam loucamente nas pequenas vielas.

João falou:

— Não entendo. É um tesouro ou um espelho?

Jill deu de ombros:

— Talvez seja as duas coisas.

— O que isso quer dizer? É um espelho gigante de ouro ou algo assim?

Jill deu de ombros novamente.

— Qual é a diferença? — resmungou o sapo. — Vamos ser mortos por esse ai-dec-cê-qualquer-coisa assim que chegarmos lá embaixo de qualquer forma.

— Isso é verdade — disse Jill.

João observava o Reino dos Duendes passar.

— Sabe aquele acordo que fizemos com a velha? — falou ele, finalmente. — Não acho que foi um bom acordo.

No centro do Reino dos Duendes ficava um enorme ralo, protegido por uma grossa cerca de ferro. Forjadas no ferro, havia imagens elaboradas de uma terrível besta cuspindo fogo, destruindo um reino e devorando duendes. Em volta da cerca, olhando de forma sombria para João e Jill, estavam dúzias e mais dúzias de soldados.

Begehren estava parado em frente a um portão fechado com um cadeado pesado. Ele seguia as crianças com os velhos olhos negros cansados.

— Entreguem a eles as armas! — bradou ele. Dois guardas duendes se aproximaram e entregaram lanças a João e Jill.

— Obrigado — disse o sapo. — Isso será muito útil.

Begehren se moveu até o portão de ferro e o destrancou com uma velha chave retorcida. Um soldado levou João e Jill até a beira do ralo. Calor irradiava de dentro dele. Ao lado havia um balde gigante, preso a uma longa corda. João e Jill foram instruídos a entrar. Em seguida, quatro guardas duendes ergueram o balde, com as crianças dentro, sobre a escuridão.

Begehren falou para João e Jill:

— Vocês estão prontos?

Jill estava pronta para assentir.

João estava pronto para perguntar:

— Quanto vamos descer?

O sapo estava pronto para gritar a plenos pulmões.

Mas, de repente, o estômago deles foi parar na garganta e tentou escapar pela boca. O cabelo de Jill estava de pé. O sapo estava de cabeça para baixo no ar, se agarrando à camisa de João com dedos de sapo. Eles estavam caindo.

E caíram e caíram e caíram e continuaram caindo.

Até que, repentinamente, o balde parou suspenso no ar e o sapo mergulhou novamente no bolso da camisa de João e as duas crianças bateram com força no fundo do balde.

Eles se sacudiram e se colocaram de pé no enorme balde. João falou:

— Sapo, você acabou de vomitar no meu bolso?

O sapo colocou a cabeça para fora, meio zonzo.

— Posso ficar no bolso dela agora? — gemeu ele. — Esse aqui está fedendo.

— Claro que não — disse Jill.

Eles estavam pendurados na escuridão quase completa. A única luz vinha das fogueiras no Reino dos Duendes, bem acima da cabeça deles, e de uma fosforescência sinistra nas pedras em volta deles. A longa corda balançava levemente para a frente e para trás, para a frente e para trás, rangendo. João olhou por cima da beira do balde. Não havia nenhum sinal do fundo.

Novamente o balde começou a descer. Mas lentamente.

Nesse momento, eles ouviram uma voz:

— Como eles vão trazer o tesouro de volta para cima?

Jill olhou ao redor. João se agarrou à beira do balde.

— Quem disse isso? — sussurrou o sapo.

— Eles simplesmente içarão tudo, peça a peça — falou outra voz. Parecia Begehren. Mas eles podiam ouvi-la, como se estivesse bem ao lado deles.

— Mas, se o tesouro for minimamente parecido com o que as lendas dizem, isso poderia levar toda uma vida!

João e Jill olhavam para as paredes brilhantes que passavam lentamente. As vozes pareciam reverberar na pedra.

— Se levar toda uma vida, levará toda uma vida. O que são mais oitenta anos — disse Begehren — depois dos mil que esperamos?

João e Jill se olharam, com olhos arregalados.

— Mas eles não vão conseguir pegá-lo, não é? — perguntou a voz. — Eles serão mortos.

— De uma forma ou de outra — respondeu Begehren. — Quase seguramente pelo Eidechse von Feuer, der Menschenfleischfressende. E, se não for assim, quando eles entregarem o Espelho, não precisaremos mais deles. Eu mesmo os matarei.

João ficou pálido.

— Gosto dele cada vez menos — sussurrou Jill.

O sapo começou a chorar.

O balde desceu mais e mais pela escuridão impenetrável, e gotas de suor começaram a se formar na testa, no rosto, no pescoço e nos braços de João e Jill. Descendo, descendo e descendo cada vez mais. Toda vez que as crianças avançavam alguns metros, a temperatura aumentava um grau. O ar estava tão espesso que eles mal podiam respirar. Era como se estivessem se dirigindo a uma fornalha, como se as crianças fossem um metal e fossem derreter e ganhar um novo formato no calor do ralo. Pelo menos eram esses os pensamentos estranhos que passavam pela cabeça de João enquanto ele lutava para respirar. Jill estava com tanto calor que não conseguia pensar em absolutamente nada. E o sapo ainda chorava.

Finalmente, o balde pousou com um choque sobre uma protuberância escarpada de pedra. As crianças rastejaram para fora. Não houve alívio em relação ao calor. As lanças, que tinham se soltado das mãos quando o balde parou repentinamente, estavam caídas sobre a pedra negra. Uma, despedaçada.

— Ótimo — falou João.

— Ah, porque isso teria ajudado — disse o sapo.

Jill perguntou:

— Aonde vamos agora? — Havia um pequeno túnel escuro que começava na protuberância onde eles aterrissaram. João apontou para ele. Jill examinou o resto das paredes em busca de outras passagens ou portas. Não havia nenhuma. — Certo.

— Sim — disse o sapo. — Fantástico.

Então João apanhou a lança que havia restado, segurou a mão de Jill, e eles caminharam para o interior do túnel escuro, estreito e opressivamente quente. Ali também a pedra brilhava com aquela fosforescência sinistra. Tudo o que aquilo permitia que as crianças vissem, no entanto, era que o túnel era escuro e pedregoso e descia gradualmente na direção do centro da terra.

As crianças caminhavam em silêncio, pensando sobre o que Begehren tinha lhes contado da besta. *Ele mata instintivamente, como se tivesse nascido para isso. Se simplesmente respirasse em sua direção, você seria transformado num pedaço de carvão. É a mais cruel e perfeita máquina de morte que já viveu.* E pensavam em tudo o que haviam ouvido a respeito do Espelho. *É um tesouro tão maravilhoso que um rei poderia trocar seu reino por ele e ser considerado um homem sábio... O maior poder, dizem por aí, reside naquele espelho... Se não conseguirem encontrá-lo, vocês morrerão.*

Cada vez mais fundo, cada vez mais fundo na escuridão. As crianças pararam e tentaram recuperar o fôlego. Até mesmo caminhar nesse calor era uma provação. Cada vez mais fundo. Cada vez mais quente.

— Devo estar me transformando numa caçarola — murmurou o sapo.

Mais fundo.

Mais quente.

Mais fundo.

Suor escorria pelo rosto das crianças. Eles mal podiam respirar por causa do calor.

O sapo agora rezava.

O túnel escuro continuava a descer, descer, descer. O calor os envolvia num abraço de urso e espremia seus pulmões. Mas o calor não foi a única coisa que se intensificou. Começou com Jill fungando e torcendo o nariz. Então João falou:

— O que *é* isso?

Logo as crianças — e o sapo — cobriam nariz e boca, tentando não respirar por causa do fedor horrível e putrefato. Era como carne apodrecendo, como se estivesse apodrecendo há mil anos. João inclinou o corpo, colocou a mão na parede preta esburacada e tentou não passar mal. Ele teve ânsias de vômito e colocou a mão na garganta. Finalmente, ajeitou a postura, e as crianças continuaram.

Estavam ficando cada vez mais tontas com o calor e o cheiro. *Como lutaremos contra essa coisa?*, pensou João. *Eu mal consigo andar. Mal consigo ver.* Ele teria dito aquilo a Jill, mas não queria abrir a boca, com medo do fedor pungente. E, além disso, não precisava, porque a menina estava se perguntando a mesma coisa.

O túnel ficava mais estreito e mais estreito e mais estreito, até que João e Jill estavam agachados, depois rastejando. A camisa, os cabelos, as meias estavam ensopados de suor.

A pedra debaixo deles ficava mais quente, até que o suor que escorria do rosto deles chiava ao pingar sobre a pedra negra. As palmas das mãos ardiam.

O túnel se inclinou de forma muito íngreme. O sapo, com a cabeça para fora do bolso da camisa de João, falou:

— Santa...

João olhou para cima.

— Tenha piedade... — murmurou ele.

Jill apareceu atrás deles. Ela abriu a boca. Som algum saiu.

CAPÍTULO DEZ

Eidechse Von Feuer, Der Menschenfleischfressende

Era uma vez uma enorme caverna debaixo da terra.

João, Jill e o sapo olhavam fixamente.

Mas não era para a caverna que eles estavam olhando.

No fundo da caverna, uma torrente de lava escorria por uma parede, vermelha e preta e vívida e cintilante.

Mas também não era para isso que eles estavam olhando.

A torrente se juntava a um rio de magma que se infiltrava até o fundo da caverna, abraçando a parede negra esburacada e então, ao longe, alimentando um infinito mar de lava subterrâneo.

Mas os três viajantes também não olhavam para aquilo.

Eles olhavam para uma pequena montanha que ficava ao lado do sinuoso rio de lava. A montanha não era feita de rocha, nem de magma, mas de pele rosada e carnuda. Tinha uma cordilheira como uma espinha dorsal, pequenos vales formados por pequenos braços e pernas, e um declive na forma de uma cauda larga e achatada. Não havia cabeça. Mas seu corpo subia e descia com a respiração. Eles podiam ver finos ossos negros através da pele rosada, e, no bolsão distendido da barriga, órgãos negros se enroscavam, pulsando.

— Não quero fazer isso... — sussurrou Jill.

João balançou a cabeça e murmurou:

— Talvez pudéssemos voltar e implorar a Begehren para nos deixar subir.

— Ou podemos simplesmente viver aqui...

As duas crianças recuaram para o túnel de onde tinham vindo o mais rápido que puderam.

Mas o sapo falou:

— Esperem.

— O *quê?* — sussurrou Jill.

— O quê? — perguntou João, um pouco mais alto que pretendia.

Jill olhou para João, com os olhos arregalados e um dedo diante dos lábios. O menino bateu com a mão em sua boca.

Silêncio.

João rogou uma prece silenciosa em agradecimento.

Então veio um rugido. Um rugido que nunca foi descrito de forma precisa em todas as vezes que essa história foi contada. Um rugido que estremeceu as paredes e o teto, que criou ondas no mar de lava, que fez João e Jill temerem que seus tímpanos se romperiam, que fez seus ossos vibrarem e doerem, que foi sentido como um tremor não apenas acima deles, no Reino dos Duendes, mas, na verdade, até mesmo na superfície da terra, acima do reino. João e Jill recuaram mais no túnel, cobrindo os ouvidos e enterrando a cabeça entre os joelhos e desejando, desejando, desejando que o barulho parasse.

Aí veio o calor. Chamuscou o rosto e os braços das crianças, deixando a pele vermelha e cheia de bolhas num instante. Chamas seguiram o calor, tentando penetrar no pequeno túnel, como uma besta grande demais para segui-los até mais longe. As chamas eram vermelhas e amarelas e azuis e verde-pálidas, e João e Jill teriam achado aquilo uma das coisas mais magníficas que tinham visto em suas vidas — se a cabeça deles não estivessem presas firmemente entre os joelhos.

Finalmente, as chamas diminuíram. As crianças deram uma espiadela, sem sair da proteção de suas posições. O sapo tinha caído do bolso de João e se encolhera em uma bola sobre o solo.

Elas se levantaram com um salto:

— CORRA! — gritou João.

Mas o sapo bradou:

— Esperem!

Jill hesitou, mas João já se afastava em disparada, a lança descartada, os braços balançando loucamente.

— Esperem! — exclamou o sapo novamente. — Ele só quer saber quem somos!

No meio do caminho no corredor, João desacelerou para um trote.

— O quê? — perguntou Jill.

— Ele estava perguntando quem somos — respondeu o sapo.

Jill encarou o sapo numa tentativa de determinar se ele tinha enlouquecido. João tinha um olhar muito semelhante.

— Ele fala anfibiano — disse o sapo, e encolheu seus pequenos ombros de sapo.

— Você está de brincadeira... — falou João.

— Tem certeza? — perguntou Jill.

— Tenho — respondeu o sapo. — É minha língua.

O chão começou a tremer, o ar se aqueceu até a temperatura de ebulição, e João e Jill colocaram as mãos sobre os ouvidos enquanto outro rugido fazia vibrar o túnel, a caverna e a terra quilômetros e quilômetros acima deles.

Quando acabou, Jill perguntou ao sapo:

— E aí? Isso foi em anfibiano também?

— Sim — respondeu o sapo. — Ele quer saber aonde fomos.

João começou a rir histericamente, e Jill teve quase certeza de que seus dois companheiros haviam repentinamente enlouquecido.

— Vamos falar com ele — sugeriu o sapo. João continuou a rir de forma insana.

Jill olhava alternadamente para os dois e, como João não estava lhe dando nenhuma opção melhor, seguiu o sapo de volta até a entrada da caverna.

A montanha tinha se movido. Ela havia se virado e erguido uma enorme e grotesca cabeça rosada e carnuda. Era praticamente do mesmo tamanho do resto do corpo, excluindo a longa cauda grossa. Tinha pequenos olhos negros, onde você esperaria ver os ouvidos, logo acima da curva ascendente das extremidades da boca larga.

— Ah, não — falou o sapo.

— O que foi? — sussurrou Jill.

— É uma salamandra.

Jill olhou fixamente para ele:

— É mesmo?

O sapo assentiu.

— Isso é ruim? — perguntou Jill.

O sapo deu de ombros:

— Bem, elas não são terrivelmente inteligentes.

A monumental salamandra olhava fixamente para eles com os pequenos olhos negros, um de cada lado da cabeça.

— Vou nos apresentar — disse o sapo. Jill balançou a cabeça, como se aquilo fizesse sentido. João se aproximou deles, rindo e balbuciando sobre todos os cavalos do rei e todos os homens do rei colocando a cabeça no lugar novamente. Então tentou fazer o cotovelo tocar o nariz.

O sapo coaxou novamente. A besta abriu a boca, revelando uma grande língua rosada, e soltou um rugido que parecia não ter fim. Jill se encolheu numa pequena bola e cobriu os ouvidos. Ela achou que podiam estar sangrando.

— Ele diz que seu nome é Eidechse von Feuer, der Menschenfleischfressende — disse o sapo.

— Sim — falou Jill —, nós imaginamos. — E depois: — Você pode pedir para ele não falar tão alto? Acho que estou ficando surda.

— Claro — respondeu o sapo.

E coaxou para Eidechse von Feuer, der Menschenfleischfressende. A salamandra gigante soltou um rugido que feriu os ouvidos de Jill e fez seus cabelos voarem, mas que não a forçou a se encolher numa bola e desejar morrer.

— Melhor — resmungou ela.

— Ele disse que seu nome é Eidechse von Feuer, der Menschenfleischfressende novamente.

— Sim — falou Jill. — Nós já entendemos.

João deu uma risadinha e tentou enfiar o próprio punho na boca.

— Além disso — acrescentou o sapo —, ele disse que prefere ser chamado de Eddie.

Jill estava pronta para falar algo, mas percebeu que não havia nada a dizer sobre aquilo.

O sapo coaxou um pouco mais. "Eddie" rugiu em resposta.

— Acabei de apresentar vocês dois — disse o sapo. — Ele quer saber o que há de errado com João.

A cabeça de Eidechse von Feuer, der Menschenfleischfressende estava levantada num sinal de alerta, e ele parecia estudar João curiosamente com os pequenos olhos negros. Jill se virou e viu João tentar passar a perna por trás da cabeça.

A menina o segurou pelos ombros e o sacudiu. Em seguida lhe deu um tapa no rosto. Ele se sacudiu e falou:

— O que aconteceu? Onde estou?

Jill apontou para Eidechse von Feuer, der Menschenfleischfressende:

— Ele é uma salamandra. Seu nome é Eddie.

João começou a dar risadinhas novamente, e Jill lhe deu outro tapa no rosto. Novamente, o menino se sacudiu:

— Sinto muito. O quê? — Ele levantou os olhos. — Oh. — E, mais uma vez: — Oh.

As crianças encaravam a besta de pele translúcida e odor putrefato. Depois de um momento, Jill falou:

— Bem, acho que devemos perguntar a ele sobre o Espelho.

O sapo respondeu:

— Certo. Boa ideia. — Então ele coaxou para Eddie. A salamandra rugiu. — Ele pediu desculpas — disse o sapo. — Aparentemente, ele o comeu.

— Ele *comeu* o *tesouro*?! — exclamou Jill.

— Ah, não — falou João.

A salamandra recuou com sua enorme cabeça rosada e carnuda e rugiu um pouco mais.

— Ele sente muito mesmo — disse o sapo. — Não era sua intenção.

— Pelo menos ele é educado... — comentou João, admirado.

— Ele disse que alguém o deixou cair em seu poço há muito tempo por acidente, e ele o engoliu.

— Você pode... — começou Jill, mas o sapo a interrompeu.

— Claro — disse ele. — Vou pedir para ele explicar.

O sapo coaxou para a salamandra, que envolveu sua enorme cauda nas patas. Quando ela se moveu, a caverna tremeu e balançou, e, ao longe, centenas de estalactites de pedra caíam no mar de lava. A salamandra rugiu.

— Ele diz que não morava tão no fundo da terra — falou o sapo. — Que vivia perto da superfície.

A salamandra rugiu novamente.

— Os duendes eram seus amigos, diz. Ele parece um pouco triste por causa disso.

A salamandra rugiu mais uma vez.

— Ele abastecia suas fornalhas com a própria respiração.

O sapo esperou a salamandra continuar. Quando o silêncio se estendeu por tempo demais, o sapo coaxou para ele.

Eddie rugiu em resposta.

O sapo falou para as crianças:

— Certo. Sinto muito. Ele vai começar a história novamente. Vocês têm que se acostumar a isso quando se trata de salamandras. Elas têm muita dificuldade em se lembrar de qualquer coisa que disseram há algumas frases.

Depois de um tempo de rugido, o sapo falou:

— Certo, ele chegou à parte onde parou. Ele vivia em um grande ralo e cuspia fogo para aquecer os lares dos duendes e abastecer as fornalhas. Mas então, um dia, numa cerimônia que ele tentou explicar, mas não entendi, eles deixaram o Espelho cair em sua boca. Acidentalmente. E ficaram muito irritados.

João e Jill olharam para a salamandra. Ela estava observando as crianças com seus pequenos olhos negros, como se desejasse que elas compreendessem.

O sapo coaxou para Eddie, que rugiu um pouco mais.

— Eddie esqueceu onde estava novamente. Esperem. — O sapo coaxou, a salamandra rugiu e o sapo se virou para João e Jill. — E estamos de volta. Então, quando ele engoliu o tesouro, eles o empurraram para o fundo da terra, jogando pedregulhos em sua cabeça e despejando água gelada sobre ele, algo de que Eddie não gostou nem um pouco. E agora ele vive aqui embaixo sozinho e nunca pode fazer nenhuma pergunta a ninguém.

— Ele nunca pode fazer o quê? — perguntou Jill.

— Fazer nenhuma pergunta a ninguém — respondeu o sapo. — Você sabe. Salamandras adoram fazer perguntas estúpidas.

— Ah — falaram João e Jill ao mesmo tempo. — Certo.

Eles ficaram ali parados em silêncio, olhando fixamente para a enorme cabeça grotesca da besta, que os encarava de volta como se ansiasse por alguma coisa.

O sapo disse:

— Esperem. — E começou a coaxar para a salamandra. A salamandra balançou a enorme cabeça positivamente, e toda a caverna tremeu. — O espelho ainda está em seu estômago! — falou o sapo. — Está alojado bem ao lado do intestino. Ele pode senti-lo!

Jill achou que passaria mal. João falou:

— Você quer dizer que ele pode cuspi-lo para nós?

O sapo coaxou para Eddie. Eddie rugiu em resposta.

— Ele tentou expeli-lo durante as centenas de anos que o Espelho passou ali. Não consegue. Mas ele ficaria feliz em deixá-lo entrar para recuperá-lo.

Jill ficou verde e balançou a cabeça violentamente.

Os pequenos olhos de Eddie se estreitaram. João pensou que aquilo era provavelmente o que passava por um olhar sorrateiro para uma salamandra. Eddie rugiu. O sapo se virou para as crianças.

— Mas, antes de permitir que vocês entrem rastejando em sua garganta, temos que responder a suas perguntas.

— Isso não parece tão ruim — disse João.

— Será terrível — falou o sapo.

— Podemos voltar à parte de "entrar rastejando em sua garganta"? — interrompeu Jill.

— Um trauma de cada vez, por favor — disse o sapo. Ele coaxou para Eddie e recebeu um rugido como resposta. O sapo sorriu e se virou para João e Jill. — O que é melhor, vermelho ou azul? — perguntou ele.

— O quê? — falou João.

— Isso é uma piada? — perguntou Jill.

O sapo sorriu orgulhosamente para eles.

— Essa é a primeira pergunta. Bem-vindos ao meu mundo.

— Não sei! — disse Jill. — Qual é a resposta certa?

— Não faço ideia — respondeu o sapo. — Essa é a beleza da coisa.

— Azul — falou João.

— Vermelho — disse Jill.

Eddie rugiu alto. João e Jill colocaram as mãos sobre os ouvidos.

— Não o confundam — falou o sapo.

Ele se virou e coaxou para Eddie.

— O que você disse? — perguntou Jill.

— Roxo — respondeu o sapo. — O meio-termo.

— Ele aceitou isso? — perguntou João.

Mas os olhos de Eddie estavam vidrados, e a boca, escancarada, como se ele estivesse perdido em um sorriso contemplativo.

— Isso será muita informação para ele processar — disse o sapo. — Deem a ele um minuto. — Depois de alguns minutos, a salamandra parou de sorrir e rugiu novamente. — Ele quer saber o que é maior, o Céu ou a Terra.

— O Céu — respondeu Jill.

— A Terra — disse João.

Eddie rugiu, e João e Jill cobriram os ouvidos. Seus ossos tremeram.

— Gente! — sussurrou o sapo.

Jill murmurou:

— O Céu fica em volta da Terra e ele é muito, mas muito alto. É maior!

— Mas a Terra é muito larga — retrucou João. — É como envolver uma bola com uma colcha! O que é maior, a bola ou a colcha?

— Depende da colcha — respondeu Jill.

O sapo se virou e coaxou.

— O que você disse? — Jill quis saber.

— Sim — falou o sapo.

— O que isso quer dizer?

O sapo olhou para a salamandra monumental.

— Não tenho certeza. Mas ele está pensando.

Os olhos de Eddie rolaram para trás em sua cabeça, como se ele estivesse tentando se lembrar da pergunta que tinha feito e se "sim" era uma resposta aceitável. Depois de um tempo, pareceu decidir que era. Rugiu novamente.

— Ele diz que sempre quis saber qual era mais quente, verão ou inverno.

Jill bateu em sua testa.

— Quanto tempo isso vai durar?

— Apenas responda — disse João ao sapo.

E ele respondeu. A salamandra fez a caverna tremer com seu gesto de cabeça compreensivo. Ela rugiu novamente.

— Ele quer saber se fedorento é bom ou fedorento é ruim.

João e Jill riram alto. A salamandra rugiu impetuosamente, e uma bola de fogo saiu de sua boca. Os dois pararam de rir.

— Ruim — falou Jill.

— Isso mesmo — disse João.

— Errado — falou o sapo, e se virou a fim de coaxar para Eddie.

Eddie pareceu muito, mas muito feliz. Rugiu mais uma pergunta.

— Ele falou "Sou fedorento? Muito fedorento? Quão fedorento?".

— Muito fedorento — disseram as duas crianças ao mesmo tempo. Jill acrescentou: — Inacreditavelmente fedorento.

O sapo virou e coaxou para Eddie, e a cabeça da salamandra começou a balançar para cima e para baixo, para cima e para baixo.

— Ele está muito animado — falou o sapo.

Eddie fez mais uma pergunta.

— Todo mundo faz aniversário? — repassou o sapo às crianças.

Jill hesitou. Mas João respondeu:

— Sim.

E o sapo transmitiu a resposta a Eddie, que rugiu.

— Ele quer saber quando é o dele — disse o sapo.

As crianças se olharam e levantaram as sobrancelhas.

— O que deveríamos dizer? — perguntou João ao sapo, em voz baixa.

O sapo deu de ombros.

— Diga ontem — falou Jill. — E diga a ele que sentimos muito por ter perdido, mas que desejamos parabéns mesmo assim.

O sapo se virou e coaxou para Eddie, que pareceu um pouco desanimado, mas contente com seus votos atrasados. Ele rugiu.

— Salamandras também são pessoas? — perguntou o sapo a João e Jill.

Jill olhou para Eddie, com sua grotesca pele translúcida, a boca horrivelmente larga, a barriga dilatada e a cauda espessa e carnuda. Mas então ela olhou para seus pequenos olhos negros, posicionados exatamente onde você poderia esperar que seus ouvidos estivessem. Eles olhavam para ela.

— Claro — respondeu, e sorriu para ele.

João balançou a cabeça vigorosamente, concordando. Então Eddie também começou a assentir. Ele a balançou com tanta força que o chão tremeu e derrubou João e Jill. Então Eddie colocou a cabeça no chão e sorriu.

De repente, Jill fez algo que a surpreendeu tanto quanto os outros. Ela se levantou e caminhou lentamente na direção de Eddie. Quando estava a menos de um metro de sua cabeça enorme e terrivelmente fedida, ela esticou o braço e a tocou. Era escorregadia e carnuda e suficientemente diáfana para se ver os ossos de seu crânio através da pele. A menina deixou a mão repousar sobre o nariz da salamandra.

João pegou o sapo e seguiu Jill. Ele também repousou a mão sobre o nariz de Eddie. A salamandra gigante suspirou, e João e Jill e o sapo foram envolvidos pelo fedor mais podre que vocês podem imaginar. E eles riram.

O sapo falou:

— Bem, devemos pegar o Espelho?

João e Jill fizeram que sim com a cabeça. Então o sapo coaxou para a salamandra.

Eddie abriu a boca.

— Isso — disse o sapo — parece um convite.

A boca de Eddie tinha provavelmente 2 metros e meio de largura e quase 2 metros de altura. Na parte frontal havia uma fileira de pequenos dentes — bem, pequenos para Eddie. Cada um tinha 15 centímetros de altura e o formato de um pequeno triângulo. Depois da fileira de dentes ficava uma extensão de carne rosada e, então, cerca de 30 centímetros depois, outra fileira de dentes um pouco maiores. Atrás dela, uma enorme montanha que era sua língua. E, bem mais ao fundo, se abria uma passagem larga e escura que levava à garganta de Eddie. Aquilo tudo parecia muito nojento, obviamente. Mas a aparência não era nada comparada ao cheiro.

Jill girou de costas assim que Eddie abriu a boca. Mas João simplesmente colocou a mão sobre o nariz e falou para o sapo:

— Por favor, não o deixe fechá-la enquanto estivermos lá dentro.

— E quanto ao fogo? — perguntou Jill, ainda de costas.

O sapo coaxou, e Eddie fechou a boca e rugiu.

— Não vai queimá-los — disse o sapo. — A não ser que ele arrote.

— Salamandras arrotam muito?

— O tempo todo — respondeu o sapo.

Jill suspirou:

— Peça para ele se lembrar de manter a boca aberta.

O sapo coaxou um pouco mais. Eddie assentiu com a boca aberta.

Jill se virou novamente para Eddie, fechou os olhos, não respirou fundo e segurou a mão esquerda de João. Mas o menino falou:

— Espere. — E disparou até o corredor para pegar a lança descartada. Embora não fosse necessariamente cordial levar uma arma para o trato gastrointestinal de alguém, João certamente não entraria ali sem ela.

As crianças pisaram no lábio de Eddie e entraram em sua boca. O sapo coaxou baixinho para Eddie, lhe pedindo para se lembrar de não fechar a boca e não cuspir fogo, e para tentar, tentar, tentar não arrotar.

— Poderíamos morrer agora — falou João.

— Confio em Eddie — disse Jill.

— Então você é provavelmente tão burra quanto ele — respondeu João. Mas ele não achava aquilo realmente. Estava apenas um pouco tenso.

De mãos dadas, eles passaram por cima da primeira fileira de dentes e, em seguida, pela segunda. Jill esticou o pé e tocou na língua de Eddie. Ela tremeu e parou. Ela olhou por cima do ombro para o sapo, que balançou a cabeça e continuou com sua corrente constante de lembretes para Eddie. Jill subiu na língua. Ela não se moveu. João a seguiu. Eles atravessaram a língua. O fedor ficou pior, o ar mais pesado e quente. Jill teve ânsia de vômito.

— Não faça isso — falou João de forma severa. Jill engoliu em seco. Eles se aproximaram do buraco negro da garganta de Eddie. — Pronta? — perguntou.

Juntos, eles se enfiaram na abertura gigantesca e entraram na escuridão do esôfago de Eddie.

Um estrondo veio da barriga da salamandra. João e Jill congelaram e apertaram suas mãos com mais força. Eles podiam ouvir o sapo coaxando.

— Por que temos que fazer isso? — perguntou João, baixinho. — Por que estamos nos dando o trabalho?

— O maior tesouro da história do mundo. Muito poderoso. Não o encontramos, morremos — respondeu Jill.

— Certo. Só queria me assegurar de que isso não era opcional ou algo assim.

— Não é opcional.

O esôfago se estreitou, e João e Jill foram forçados a rastejar, as mãos e os joelhos deslizando pela garganta escorregadia da salamandra. O ronco ficou mais alto e foi acompanhado de um zumbido.

— O que é isso?

Jill foi atingida no rosto por um inseto enorme. Ela tentou afastá-lo freneticamente. Outro bateu no pescoço de João. Ele gritou e se encolheu.

Eles seguiram. A escuridão ficou mais intensa.

— Procure por um tesouro. Ou um espelho gigante — sussurrou João. Jill assentiu.

As duas crianças deslizaram do esôfago para o estômago. Era um pântano borbulhante de ácido, que queimou a pele das crianças. Uma gosma com cheiro podre pingou do teto, revestiu o corpo deles, fazendo-os arder. João e Jill se contraíram com a dor. Eles não podiam mais escutar o sapo.

— Rápido — falou Jill. Eles continuaram a descer. Insetos batiam no rosto deles e ficavam presos na gosma grudenta e ardida. As crianças os soltaram, e os insetos protestaram, picando suas mãos. Jill achou que ia chorar. Mas ela arfou: — Vamos descer mais.

Eles continuaram a descer. Com os pés, tateavam sob a poça de ácido para tentar achar baús de tesouro ou colares de pérola ou espelhos dourados. Qualquer coisa que pudesse ser o Espelho Mágico.

Não encontraram nada.

— Não está aqui — falou João.

— Talvez Eddie tenha se confundido.

— Talvez ele o tenha digerido.

— Não posso acreditar que não está aqui.

Um pânico repentino tomou conta das crianças.

— O que faremos agora? — perguntou João.

Eles chegaram ao fundo do estômago de Eddie. Lá, na luz fraca que entrava pela boca de Eddie e descia pela garganta, eles conseguiram distinguir uma pequena escotilha em forma de músculo. Ela levava, eles concluíram, ao intestino.

— Isso é tudo — disse João. — É o fim.

Mas, de repente, Jill apontava para algo.

Não se parecia com um inseto ou qualquer coisa comestível.

Era um disco de cerca de 30 centímetros de diâmetro.

— O que é aquilo? — perguntou Jill. Eles caminharam com dificuldade até o objeto. Encontrava-se alojado na escotilha em forma de músculo.

— Não sei — respondeu João.

— Tire de lá.

— Se eu tirar, acho que vou vomitar.

— Bem, *sei* que eu vou — disse Jill.

Então João segurou o pequeno disco, alojado entre o estômago e o intestino de Eddie, e o puxou. Ele saiu facilmente, e João caiu para trás no ácido estomacal borbulhante. O ácido queimou sua pele, e ele gritou e se levantou com dificuldade.

De repente, tudo ficou preto. Todo o estômago de Eddie começou a se deslocar, e João e Jill foram arremessados contra a parede dos fundos. Eddie estava empinando. Ácido estomacal se derramou sobre as crianças, queimando-lhes o rosto, os braços, as mãos, cobrindo os dois completamente. Jill começou a nadar na direção da superfície para respirar, mas João, segurando o pequeno disco com uma das mãos e a lança com a outra, não conseguia. A menina chegou à superfície, procurou por João e começou a gritar. De repente, Eddie bateu novamente no chão, fazendo João voar sobre Jill e as duas crianças caírem esparramadas no ácido estomacal novamente.

Elas se levantaram e apalparam freneticamente na escuridão completa em direção à garganta.

— O que está acontecendo? — perguntou Jill, horrorizada.

— Não faço ideia. Será que ele se esqueceu?

— Ou decidiu nos comer?

— Será que era uma armadilha?

Nesse momento, a escuridão foi interrompida por um brilho laranja. João e Jill olharam na direção da boca de Eddie. Ela ainda estava fechada com força, e nenhuma luz passava. De onde o brilho estava vindo, então? Eles olharam para o estômago atrás deles. Uma pequena chama estava ardendo lá nos fundos. Uma pequena chama, porém crescendo.

— Ele está entrando em erupção! — gritou Jill, e, embora não fosse exatamente a palavra que ela procurava no momento, era a palavra exata. Pois fogo parecia se espalhar por todo o estômago de Eddie. João empurrou o disco nas mãos de Jill e segurou a lança com as mãos.

— O que você vai fazer? — gritou Jill.

— Não sei!

O fogo viajava na direção deles.

— Por aqui! — berrou Jill, e segurou o braço de João. Eles rastejaram pelo esôfago até a boca de Eddie. — Eddie, abra! Abra! — bradou ela.

Algo explodiu no estômago de Eddie. O fogo subiu pela garganta. João apontou a lança para o céu da boca da salamandra.

— Você vai matá-lo! — gritou Jill.

— O que mais posso fazer? — berrou João.

— EDDIE! — bradou Jill.

E João empurrou a lança diretamente na direção da parte macia do palato de Eddie.

Porém, logo antes de a ponta da lança de João atingir a carne de Eddie, a boca gigante se abriu e a enorme língua arremessou Jill e João e a lança de João para fora. Eles giraram no ar e bateram no chão com força enquanto uma coluna de fogo era disparada da garganta de Eddie, traçando uma linha no ar logo acima do corpo das crianças.

A chama morreu. João e Jill se viraram e olharam para Eddie. Ele rugiu.

— Meu Deus! — gritou o sapo.

Eddie continuou a rugir.

— O que aconteceu? — berraram João e Jill ao mesmo tempo.

— Ele precisava arrotar — disse o sapo. — Eu ficava dizendo para ele não fazer isso, então ele acabou fechando a boca para impedir que o arroto saísse.

— Por que você não nos avisou? — perguntou João.

— Eu avisei! Vocês não me escutaram?

As crianças fizeram que não com a cabeça.

— O que é isso em vocês? — indagou o sapo. João e Jill olharam para os braços, as mãos, o corpo. Tocaram o próprio rosto. A pele dos dois estava em carne viva e cheia de bolhas, totalmente coberta de ácido estomacal. — Vocês estão com uma aparência horrível — acrescentou o sapo.

— Obrigada — respondeu Jill.

— E nada do tesouro?

João mostrou o pequeno disco:

— Isso foi tudo o que conseguimos encontrar.

O sapo se virou e coaxou para Eddie, que balançou a cabeça e rugiu.

— É isso — disse o sapo.

— O quê? Isso é todo o tesouro?

— Segundo ele. — O sapo deu de ombros.

Jill, ainda caída no chão, relaxou a cabeça sobre a escarpada pedra negra. João olhava fixamente para o disco. Estava tão coberto por gosma estomacal que João não conseguia distinguir muita coisa.

— O que é isso? — perguntou ele.

Ninguém respondeu.

João se sentou, aninhou a coisa no colo e limpou a gosma com os dedos. Estes arderam. Ele empurrava a substância, mas ela simplesmente voltava para onde estava, cobrindo o pequeno disco.

— Talvez seja um espelho — concluiu João.

— Temos que esperar que seja — concordou Jill.

Eddie rugiu. Jill olhou com uma expressão cansada para a extasiada salamandra gigante.

— O que ele está dizendo? — perguntou a menina.

O sapo suspirou:

— Ele quer fazer mais perguntas.

Algumas horas se passaram enquanto as crianças se recuperavam de sua experiência difícil e respondiam perguntas como "Se uma árvore cai numa floresta e não há ninguém por perto, como ela caiu?" e "O que a palavra 'é' significa?". Mas finalmente João se levantou e disse:

— Acho que devemos ir agora.

Jill, que vinha respondendo a maior parte das perguntas de Eddie, concordou com gratidão.

— O problema é que — falou João — não existe a menor chance de Begehren acreditar que isso é todo o tesouro que está aqui embaixo. — Ele balançou o disco no ar. A gosma estava começando a endurecer. — Como vamos fazer para ele nos puxar de volta para cima?

O sapo fez uma sugestão, então Jill também deu uma, e João pensou na sua própria. Nenhuma parecia particularmente promissora. Jill tentou mais uma, e mais outra. João acrescentou a uma, subtraiu de outra. O sapo ofereceu uma variação. Depois de um tempo, as duas crianças estavam assentindo.

— Isso pode funcionar — falou Jill.

— É o melhor que temos — disse João. — Vamos tentar.

Jill se virou para o sapo:

— Conte a Eddie.

Quando o sapo informou a Eddie sua intenção de partir, ele ficou cabisbaixo. Mas, quando o sapo explicou que eles precisariam da ajuda da salamandra gigante, foi como se aquele fosse o melhor dia de toda a sua longa, longa vida.

— Diga para ele ir na frente — disse João ao sapo.

Então Eddie começou a abrir caminho pelos túneis que os tinham levado até ali, esmagando pedras tão facilmente quanto alguém poderia esmagar um copo. João e Jill corriam atrás dele, com o sapo aninhado no bolso da camisa de João.

As duas crianças pararam no fundo do ralo e olharam para cima. Muito acima, podiam ver a luz vermelha fraca do Reino dos Duendes. Ao lado deles estava Eddie, imóvel como a morte. João assentiu para Jill. Eles juntaram as mãos em concha em volta da boca e gritaram:

— Begehren!

As vozes ecoaram nas laterais do ralo e morreram.

Não veio nenhuma resposta.

Jill assentiu para João. Novamente, eles juntaram as mãos em concha em volta da boca e gritaram:

— BEGEHREN!

Novamente, nenhuma resposta.

Uma terceira vez eles juntaram as mãos em concha em volta da boca, se viraram para o enorme buraco e berraram.

Dessa vez, muito acima, uma pequena forma redonda apareceu emoldurada pela fraca luz vermelha.

— RAINHA? JOÃO? — gritou uma voz. Ela ricocheteou nas paredes, descendo até o fundo.

— SIM! — berraram as crianças. — NÓS CONSEGUIMOS!

A resposta deles foi recebida por uma explosão de barulho. Vozes animadas pareciam chamar umas às outras. Então eles ouviram:

— Begehren está vindo!

Alguns minutos depois, outra forma redonda apareceu na luz fraca muito acima das duas crianças.

— VOCÊS ESTÃO COM ELE?

A voz grave do guardião do Reino dos Duendes ecoou no buraco.

— SIM! — bradaram as crianças em resposta.

O grande balde veio mergulhando na escuridão e pousou com um choque ao lado delas.

— COMECEM A CARREGAR! — gritou Begehren.

— NÃO PODEMOS! — As crianças berraram a resposta para o alto. — ELE ESTÁ NO ESTÔMAGO DO AIDECCÊNÃOSEIDASQUANTAS! NÓS O MATAMOS E OLHAMOS DENTRO DE SUA BOCA. É TUDO SÓLIDO LÁ DENTRO!

Begehren gritou:

— VOCÊS O MATARAM????

— NÃO FOI MUITO DIFÍCIL! ELE ESTAVA DORMINDO!

Eles escutaram gritos de surpresa e alegria acima.

— O QUE TEM NO ESTÔMAGO DELE? OURO? DIAMANTES?

— SIM! — responderam as crianças. — E MAIS! MUITO MAIS QUE ISSO! TUDO NUMA ENORME BOLA!

Uma risada estridente desceu ecoando pelo buraco.

— NÓS PRECISAREMOS DE UMA PLATAFORMA GRANDE — berrou Jill para o alto. — VOCÊS PODEM COLOCÁ-LO NELA E IÇÁ-LO. SUBIREMOS DEPOIS.

— SIM, SIM, BOM! — bradou Begehren para baixo. — APENAS ESPEREM ENQUANTO A PEGAMOS! — Mais risadas estridentes e vozes fúteis. A voz de Begehren retornou. — VOCÊS SÃO OS MAIORES HERÓIS CONHECIDOS POR DUENDES OU HOMENS! — E depois: — ESPEREM UM POUCO!

Eles esperaram e esperaram, então, descendo pela escuridão surgiu uma enorme plataforma com três dúzias dos duendes mais fortes que as crianças já tinham visto. As cordas que sustentavam a plataforma eram reforçadas com correntes enormes e grossas. Quando os duendes viram a salamandra gigante, caída como se estivesse morta na clareira, eles todos se juntaram, o mais longe possível do enorme corpo.

— Está tudo bem — avisou João. — Ele está morto.

Ao lado de Eddie, fora do campo de visão dos duendes, o sapo sussurrava no ouvido da salamandra.

— RÁPIDO! — Veio o grito autoritário do alto.

Os duendes relutantemente se moveram na direção da salamandra, até nove se posicionarem em cada pata. A seguir, começaram a puxar e arrastar Eddie na direção da plataforma.

João observava Eddie cuidadosamente. Parecia que ele tentava não sorrir. O sapo, que não tinha sido notado pelos duendes que grunhiam e faziam força, saltitava desajeitadamente ao lado da cabeça de Eddie enquanto a salamandra era arrastada pelo solo. Os duendes finalmente conseguiram colocá-la sobre a plataforma.

— CONSEGUIMOS! — gritou um deles para o alto, para Begehren.

De cima veio o som de manivelas gigantes girando, e então, muito, muito lentamente, a plataforma começou a se erguer no ar. João pegou o sapo, e ele e Jill subiram na plataforma com Eddie.

— Ei! — gritaram os duendes no poço.

— O QUÊ? — berrou Begehren para baixo. A plataforma continuava a se erguer lentamente.

— ELES ESTÃO NA PLATAFORMA! — gritou um dos duendes.

A enorme carga parou bruscamente, suspensa apenas alguns metros do solo.

— O QUÊ? — bradou João para cima. — O QUE HÁ DE ERRADO?

Fez-se silêncio no alto. Então Begehren gritou em resposta:

— MANTENHAM AS CRIANÇAS NA MIRA DE SUAS ARMAS!

Trinta e seis duendes se viraram, tiraram adagas de seus cintos e as apontaram para João e Jill. O menino deixou a lança cair no solo abaixo. As crianças ergueram as mãos em rendição.

Um duende sorriu de forma sombria e gritou para o alto:

— CERTO!

E a plataforma começou a se erguer novamente.

Subindo e subindo e subindo, passando pelas paredes cintilantes na escuridão do ralo, em direção à luz vermelha do Reino dos Duendes, iam a plataforma, os duendes, as crianças, Eddie e, escondido bem ao lado da enorme cabeça da salamandra, o sapo. Ele continuou a coaxar baixinho no ouvido de Eddie, pedindo que permanecesse completamente imóvel. Jill podia ver que ele tentava definitivamente não sorrir.

Finalmente, a plataforma ultrapassou a borda do ralo. As crianças piscaram e protegeram os olhos, pois, embora o Reino dos Duendes fosse mal iluminado, ele era muito mais claro que o ralo e a caverna de Eddie. Milhares de duendes tinham enchido a praça que os cercava. Ao ver Eddie, começaram a gritar e recuar. Todos, na verdade, menos Begehren. Ele os encarava com olhos arregalados.

— Tirem essa coisa da plataforma! — bradou ele.

Mais duas dúzias de duendes fortes se juntaram e seguraram os membros de Eddie.

Mas Jill sorriu e falou:

— Ele pode fazer isso sozinho.

Begehren olhou para a menina como se ela fosse louca e, por um momento, todo o Reino dos Duendes pareceu ficar imóvel. Então o sapo coaxou algo e Eddie ergueu a cabeça e rugiu. Um gigantesco arco de fogo queimou o ar sobre a cabeça deles.

Os duendes começaram a gritar. Berros agudos e estridentes de terror. Eles gritavam e berravam e corriam em massa para longe da besta horrível.

Todos menos Begehren. Begehren olhava fixamente, imóvel.

Eddie fechou a boca, recarregou, por assim dizer, e recomeçou a assoprar fogo à sua volta. A um quilômetro de distância edifícios explodiam, pegavam fogo, e pessoas gritavam.

Quando Eddie finalmente fechou a boca, tudo num raio de um quilômetro tinha se transformado em gravetos chamuscados e carvões em brasa. E havia uma pilha de carne derretida, apenas a alguns metros de onde Begehren estava parado antes.

Eddie virou seus pequenos olhos curiosos para João e Jill e o sapo. Ele rugiu novamente.

— Ele quer saber o que fazer agora — disse o sapo.

— Diga para ele descer aqui — falou Jill.

Então o sapo coaxou para a salamandra, que abaixou a enorme cabeça rosada sobre o solo. Jill passou os braços em volta de seu nariz. João fez o mesmo. O sapo, no bolso da camisa de João, coaxou despedidas para seu amigo gigantesco, amável e fedorento. Depois Eddie ergueu a cabeça no ar e soltou o rugido mais ensurdecedor que já havia emitido. As crianças cobriram seus ouvidos e encararam enquanto fogo espumava até o enorme teto do Reino dos Duendes, centenas de metros acima deles.

— Ele diz "adeus" — falou o sapo.

Eddie deu um pequeno salto com seu enorme corpo, e todo o Reino dos Duendes tremeu. Casas ao longe racharam e desmoronaram. Em seguida ele virou e saltou de volta para dentro do ralo, deslizando pelas paredes com um terrível barulho de algo se rasgando.

— Acho que ele gosta lá de baixo — disse o sapo. — É como um grande poço quente.

João se virou para Jill. O rosto da menina, a pele, estava coberto de bolhas e ácido estomacal de salamandra. Assim como o dele.

— Você está linda — disse ele a Jill.

A menina sorriu e fez uma reverência.

— Ora, muito obrigada. Você, por outro lado, está fedendo como um esgoto.

Eles riram, então deram as mãos e caminharam pelo Reino dos Duendes, agora deserto, procurando um atalho de volta à luz.

CAPÍTULO ONZE

Os Outros

Era uma vez dois jovens heróis que estavam parados numa floresta, os pulmões se enchendo ao inalarem a fragrância fresca e familiar das sequoias e dos pinheiros. Eles tinham triunfado. De todas as formas, eles tinham triunfado. Escalaram um enorme pé de feijão, mataram gigantes assassinos, escaparam de uma sereia maléfica, enganaram um reino de duendes, fizeram amizade com uma enorme salamandra cuspidora de fogo e encontraram um espelho tão raro e poderoso que um rei poderia trocá-lo por seu reino e ser considerado um homem sábio. Eles encontraram o Espelho Mágico.

Pelo menos, tinham quase certeza de que era o Espelho Mágico. Aquilo ainda estava tão coberto pelos sucos gástricos de Eddie que eles nem mesmo tinham certeza de que era um espelho, quanto mais *o* espelho. Porém, o que mais poderia ser? Meas, o guarda gigante, tinha lhes contado que o Espelho estava com os duendes. Begehren, o líder dos duendes, tinha lhes contado que Eddie estava com ele. Eddie lhes disse que ele estava em seu estômago, bem perto do intestino. E esse pequeno disco estava alojado exatamente entre o estômago e o intestino de Eddie. Então provavelmente era o Espelho.

Depois de se despedirem de Eddie, João e Jill seguiram pelo Reino dos Duendes, que estava escuro e quase vazio. Todos fugiram depois da volta do Eidechse von Feuer, der Menschenfleischfressende, mas também bloquearam as rampas que levavam à superfície a fim de manter a besta debaixo da terra. Portanto, as crianças tinham vagado e perambulado, procurando comida e contando os dias.

Finalmente, encontraram um túnel numa parede de rocha preta e seguiram por ele, subindo, subindo e subindo. Ele levou, finalmente, a uma caverna de arenito que levava àquela floresta de pinheiros.

Animados e ansiosos, eles entraram na área de árvores de casca avermelhada. Logo chegaram a uma estrada. Era de terra vermelha, estava bastante desgastada e parecia estranhamente familiar. Numa curva adiante apareceu um rebanho de ovelhas e, tangendo o rebanho por trás, estava um jovem menino. Enquanto passava por ele, Jill gritou:

— Com licença! Aonde essa estrada leva?

O menino gritou de volta, mais alto que os balidos das ovelhas:

— Ao reino, claro!

— Que reino? — perguntou João.

O menino olhou para João como se ele fosse idiota:

— Märchen!

João e Jill se olharam e então observaram a estrada, depois se olharam novamente.

Lá estavam eles. Em casa novamente, em casa novamente, tiro-liro-li.

Medo e animação deixavam seus dedos dormentes, a respiração rápida e faziam o coração bater loucamente no peito enquanto João e Jill seguiam pela estrada na direção do reino de Märchen.

O que minha mãe dirá?, se perguntava Jill.

O que Maria e os garotos dirão?, se perguntava João.

Que coisas estúpidas as salamandras dirão?, o sapo se esforçava o máximo para não se perguntar.

Mas, enquanto a mente de João e Jill vagava por aquelas velhas alamedas novamente, algo coçava no fundo de seus pensamentos. Uma nova sabedoria, ainda inacabada e incerta. Uma sabedoria que vinha crescendo dentro deles ao longo de toda sua terrível jornada. Uma percepção de que, talvez, eles estivessem con-fundidos o tempo todo. Quem sabe eles não estavam, esse tempo todo, procurando as coisas erradas.

Esse era um pensamento realmente muito sábio.

Mas fiquem atentos, caros leitores. Pois nós saímos no enorme mundo selvagem à procura de mudança, esperando crescer, atrás de sabedoria. Mas sabedoria é algo difícil de encontrar e, quando é alcançada, pode se perder muito facilmente. Especialmente quando as pessoas estão abandonando o enorme mundo selvagem para voltar ao lugar de onde um dia fugiram.

No entanto, mais que todas essas novas perguntas e lampejos de nova sabedoria, João e Jill se perguntavam se o disco imundo que Jill carregava era realmente o Espelho Mágico. E o que aconteceria — o que realmente aconteceria — se não fosse.

Tão preocupadas estavam as crianças que mal notaram todas as pessoas que passaram por elas na estrada. Não notaram o homem gordo carregando sua cabra premiada nos braços para ver o médico na cidade, nem a jovem mulher com quatro cestas de flores silvestres recentemente colhidas para vender no castelo.

Elas não notaram um homem com um rosto redondo e olhos azuis pálidos arrastando dois enormes baús de seda, que olhou para eles por um instante enquanto passava. Não notaram uma velha com rosto de bebê que claudicava com uma bengala e os observou por muito tempo. Elas nem mesmo notaram quando uma grande carroça, chacoalhando com garrafas de poções e elixires, passou e um homem com longos cabelos negros e falha nos dentes espichou os olhos na direção das duas crianças, sorriu e seguiu seu caminho.

João e Jill também não notaram quando a estrada bifurcou e eles, sem nem pensar, seguiram pela estrada menor e mais solitária, que se estendia por baixo dos galhos pesados de árvores sombrias. Não notaram quando o caminho ficou mais estreito e mais estreito e mais estreito. Não notaram que a luz enfraquecia, que o ar estava frio e que o aroma dos pinheiros se tornava pungente como o inverno.

Mas com certeza notaram quando o caminho terminou por completo e eles se viram numa clareira de árvores enormes, com uma carroça caindo aos pedaços estacionada de um lado, e uma enorme mansão de pedra aconchegada entre as agulhas escuras dos pinheiros. Três pessoas estavam de pé na escada que levava à mansão, observando João e Jill com expectativa: um mercador de seda de rosto redondo, um sujo vendedor de óleo de cobra com rabo de cavalo e uma velha senhora com as costas arqueadas e rosto de bebê. Todos os três seguiam as crianças, os olhos tão pálidos que eram quase brancos.

João e Jill pararam imediatamente.

— Vocês voltaram! — disse a velha. — Que ótimo.

— Estão com o Espelho? — perguntou o vendedor de seda, descendo a escada e caminhando na direção deles.

— Eles seriam realmente tolos se voltassem sem ele — acrescentou o homem de rabo de cavalo, seguindo de perto.

João abriu a boca. Nenhum som saiu. Jill moveu seu olhar da senhora para o mercador de seda e de volta à senhora. Ela gaguejou:

— Vocês... vocês se conhecem?

As três pessoas de olhos pálidos sorriram:

— Se nos conhecemos? Somos irmãos!

João fechou os olhos com força e balançou a cabeça. Abriu os olhos novamente.

— Somos chamados de Os Outros — falou o mercador de seda de forma sedosa. Algo que Begehren tinha falado ecoou nas lembranças das crianças.

— E temos observado vocês — continuou a velha — há muito, muito tempo. Achamos que, talvez, fossem especiais. Que seriam, talvez, capazes de encontrar o Espelho. Vocês foram capazes?

João se virou para Jill. Ela respirou fundo e mostrou o disco, incrustado com os sucos estomacais de Eddie.

— O que é isso? — perguntou o homem com o rabo de cavalo.

— Não brinquem conosco, crianças — falou o mercador de seda, os olhos pálidos cintilando no crepúsculo. — Tínhamos um pacto. Vocês se lembram dos termos.

Os dois homens se aproximaram de João e Jill. A sombra da enorme casa envolvia todos eles. Suas janelas piscavam com velas amarelas.

O vendedor de óleo de cobra rosnou:

— Vocês nos decepcionaram? Isso não é o Espelho.

O mercador de seda tirou o objeto da mão de Jill e o virou em suas mãos:

— O que é essa porcaria em cima dele?

Jill engoliu em seco. João falou:

— É do estômago do Eidechse von Feuer, der Menschenfleischfressende.

Os Outros olharam fixamente para as crianças. A velha senhora estendeu a mão para pegar o disco e falou:

— Deixe-me ver isso.

O mercador de seda lhe entregou o objeto, e os Outros se juntaram. A luz fraca, cinza e azul e amarela penetrava pelas árvores. A mulher respirou fundo e começou a cantar:

Espelho, espelho, da verdade.
Velho em anos e maturidade,
Revele a nós seu verdadeiro matiz;
Brilhe como novo para nos fazer feliz!

Em volta do disco, as três figuras estranhas se curvavam e cantarolavam. Depois começaram a produzir sons de gargarejo na garganta. Finalmente, eles todos cuspiram no disco. A idosa o esfregou com o cotovelo.

De repente, na clareira, surgiu uma luz muito mais clara que a luz moribunda do crepúsculo. Ela emanava clara e limpa e prateada e verdadeira do pequeno disco.

— Sim... — murmurou a velha senhora. — Acho que é... Pode ser...

O mercador de seda falou:

— Devemos testá-lo! Devemos experimentá-lo!

O vendedor de óleo estava sorrindo como um idiota e batendo palmas:

— Finalmente! Finalmente!

— Venham conosco — disse a idosa às crianças. — Vamos testá-lo. E então vocês receberão sua recompensa!

Algo na forma como ela falou aquilo não inspirou alegria em João e Jill. Eles se perguntavam por quê.

O saguão da enorme casa de pedra era grandioso e claro, com tapetes espessos sobre o chão e pinturas em molduras douradas nas paredes.

— Você tem uma casa adorável — falou Jill educadamente.

— Obrigada, minha querida — respondeu a senhora. Enquanto ela falava, o vendedor de óleo trancou a porta da frente.

João viu quando ele colocou uma grande chave de ferro no bolso. Ela continuou: — Precisamos de algum tempo com o Espelho. Para nos assegurarmos de que ele é realmente o que vocês dizem. Sintam-se à vontade para espiar por aí.

João e Jill observaram enquanto os três Outros de olhos pálidos desapareciam por uma pequena porta. Ela se fechou sem fazer barulho. As crianças se olharam.

— Vamos dar o fora daqui! — sussurrou o sapo, escondido no fundo do bolso de João.

Jill olhou para João:

— Talvez, só dessa vez, devêssemos ouvi-lo. Não confio neles.

— Que pena — disse João. Ele apontou para a porta pesada e trancada. — Eles estão com a chave.

— Podemos tentar uma janela — falou o sapo.

— Ah, vai — João gesticulou. — Vamos apenas dar uma olhada por aí.

— Acho que deveríamos começar procurando as janelas — insistiu o sapo.

Eles começaram a explorar a casa. Cada aposento era diferente e mais luxuoso que o anterior. Enormes camas estavam posicionadas sobre tapetes felpudos ou solos polidos e brilhantes; os papéis de parede eram uma explosão de cores em um quarto, e um creme voluptuoso em outro; salões grandiosos repousavam silenciosamente sob tetos muito altos e pintados.

Enquanto eles exploravam cada aposento, o nervosismo das crianças crescia. E se aquele não fosse o Espelho Mágico, no fim das contas? O que os Outros fariam? Eles não os *matariam* de verdade, não é?

Além do mais, eles notaram que a casa não tinha janelas.

— Não entendo — murmurou o sapo. — Havia janelas do lado de fora. Muitas janelas.

João passou a manga da camisa na testa e a descobriu molhada. Jill tinha começado a morder o lábio inferior.

— Por que eles estão demorando tanto? — perguntou Jill.

— Você acha que é um bom ou mau sinal? — indagou João.

— Mau sinal — disse o sapo. — Definitivamente um mau sinal.

Eles voltaram ao primeiro andar, Jill caminhou até a porta da frente e tentou abri-la. Ela não se moveu.

— Vou perguntar — falou João. Sua mão estava na porta do quarto dos Outros.

— Eu não faria isso — aconselhou Jill.

— Nem eu — concordou o sapo.

Mas João girou a maçaneta e abriu a porta. Ele enfiou a cabeça pela fresta.

O quarto estava vazio.

— Onde eles estão? — perguntou João, coçando a cabeça.

— Será que foram embora enquanto estávamos conhecendo a casa? — sugeriu Jill.

— Não estou gostando disso — disse o sapo. — Não estou gostando nada disso.

O quarto não era tão espaçoso ou luxuoso quanto os outros, mas tinha uma beleza pensada e delicada. O chão era coberto com um tapete azul tão profundo e puro quanto o mar. E, como o mar, parecia ondular e cintilar debaixo deles. Na borda ficava uma filigrana de fios dourados que se parecia com a imaculada costa de uma terra mágica. As crianças ficaram hipnotizadas.

— Vejam essas coisas... — murmurou João.

Encostado à parede havia um baú. Dentro dele estavam empilhadas barras e mais barras de ouro, que tinham um brilho vermelho em vez de amarelo. Jill examinou uma pequena caixa de cerejeira sobre a mesa lateral. Cautelosamente, ela a abriu. Uma música etérea saiu de dentro:

— *Venha, venha, onde a tristeza nunca dá pista...*

A menina fechou a caixa rapidamente e tremeu. Ela olhou para João. Ele não tinha ouvido nada. Examinava o felpudo tapete azul.

— Onde eles estão? — sussurrou Jill.

— Não estão aqui. Vamos embora — disse o sapo.

João tinha levantado um canto do tapete. A cor azul mudou, a borda dourada se espalhando até o centro, como água do mar escorrendo. Ele falou:

— Aqui. Eles estão aqui.

Jill foi até o lado do garoto. Debaixo do tapete havia um grande alçapão de pedra.

— Isso é esquisito — falou Jill, baixinho.

— É mesmo — respondeu João.

— Por que eles esconderiam isso? — perguntou Jill.

Por um instante, ninguém disse uma palavra. Então João falou:

— Por que não descobrimos?

E agora, caros leitores, eu lhes darei um pequeno aviso. E não os preveni muitas vezes ao longo deste livro (e algumas vezes me esqueci, até ser tarde demais — sinto muito por isso).

Mas agora realmente devo preveni-los. Não sei se crianças pequenas estão lendo, ou escutando, este livro. Depois de todo aquele derramamento de sangue nojento com os gigantes e depois os duendes, sem falar da cena horrível com a sereia e a menina afogada, certamente espero que não.

Mas, se estiverem, ou se crianças mais velhas estão lendo esta história e não gostam de tomar sustos gigantescos, ou se vocês são adultos e simplesmente não estão a fim de se chatearem, aviso a todos vocês:

A próxima parte não é muito agradável.

Foi necessário que as duas crianças usassem todas as suas forças combinadas para levantar o pesado alçapão de pedra. Do outro lado, debaixo, estava escuro. As pequenas chamas das velas do quarto bruxulearam quando uma lufada de vento subiu do poço.

— Hmm, pessoal? — falou o sapo, colocando apenas um pedaço da cabeça para fora do bolso de João. — Não vamos descer aí, vamos?

Mas João e Jill tinham chegado longe demais, feito coisas demais, para voltar atrás agora. Além disso, a única porta da casa estava trancada e não havia nenhuma janela. Aonde mais poderiam ir?

— Pronto? — perguntou Jill.

— Pronto — respondeu João.

— *Nada* pronto — protestou o sapo.

Jill enfiou o pé de forma investigativa na escuridão impenetrável. Seu pé tocou em algo. Ela apoiou o peso do corpo naquilo. Suportou seu peso.

Ela ficou de pé naquilo e esticou o pé novamente. Novamente encontrou algo sobre o qual se apoiar. Ela moveu o peso de seu corpo cuidadosamente. O apoio seguinte também suportou seu peso. E agora ela podia dizer que havia algo ali. Uma escada.

João e Jill, de mãos dadas, desceram até o coração da escuridão.

Um degrau, e as crianças pararam. Mais um degrau, e elas pararam novamente. A escada não era plana, mas um tanto acidentada e irregular. Os dois giraram e giraram numa espiral curta. João e Jill deram-se as mãos e elas estavam escorregadias, eles as apertavam com tanta força que não conseguiam sentir os próprios dedos. Mais um degrau. E mais um. E mais outro.

Então a escuridão abrandou... Mais abaixo surgia um amarelo bruxuleante e sinistro. Alguns degraus a mais e João e Jill encontraram uma vela que parecia estar suspensa na escuridão. João esticou a mão e encontrou uma parede com curvaturas. Esta não era lisa. Era estranhamente irregular e cheia de calombos esquisitos. O menino manteve a mão na parede enquanto eles desciam até a vela flutuante.

Quando estavam a apenas alguns passos dela, começaram a perceber o que segurava a vela. Era um candelabro estranho, que se estendia da parede. Ele era longo, reto e liso no meio, mas em cada extremidade havia uma protuberância arredondada. Mesmo na luz amarela bruxuleante da vela, as crianças podiam ver que era branco. Branco como osso.

E, no momento seguinte, Jill estava gritando. João se virou, passou os braços em volta dela e, depois, porque ela não parava de gritar, colocou a mão sobre a boca da menina. Os olhos de Jill estavam arregalados, mirando em todas as direções. João sussurrou:

— *O quê? O quê?*

Mas seus olhos continuavam a se virar em todas as direções. Ele tentou seguir seu olhar frenético. Olhou para o candelabro.

Depois a parede até mais embaixo. Então examinou a escada sobre a qual estavam parados. Um grito subiu até os lábios de João, mas ele os tapou com a mão e o manteve guardado. O candelabro, as paredes e a escada eram feitos de ossos humanos.

— Corram! — gritou o sapo. — Corram!

João estendeu a mão e tapou a boca do anfíbio também.

Os olhos de João e Jill se encontraram na escuridão.

Eles se levantaram.

Certo.

Imaginem que vocês estivessem na casa de alguém. Vamos dizer que para passar o dia brincando.

Sua amiga desaparece por um instante e vocês, por acaso, saem procurando por ela. Procuram por todos os lados. Então olham no porão.

E vamos dizer que descobrem que o porão é composto inteiramente de ossos humanos.

Espero que, numa situação como essa, vocês tomem a decisão sensata — e fujam correndo o mais rápido que puderem.

Em outras palavras, espero que vocês não façam o que João e Jill fizeram.

Pois João e Jill tinham visto gigantes cruéis, e sereias assassinas, e duendes que sequestravam crianças, e Eddie. Era preciso mais que uma escada feita de ossos para fazê-los fugir agora. Quando se recuperaram, eles engoliram o horror o máximo que conseguiram, deram as mãos novamente e continuaram a descer os degraus.

A escada descia e descia em espiral, e então velas em candelabros de osso bastante distanciadas entre si iluminavam o caminho, deixando apenas um único degrau em completa escuridão antes de a luz fraca da próxima vela tornar seus arredores horríveis visíveis novamente.

Então a escadaria terminou, e uma séria de velas iluminava um longo corredor. Jill cobriu a boca. João olhou em outra direção. As paredes, o teto e o chão eram todos feitos de ossos.

Mais adiante no longo e tenebroso corredor, João e Jill viram um local onde a bruxuleante luz de vela estava mais clara. Devagar, caminhando o mais silenciosamente que conseguiam, eles se aproximaram. Era um portal.

Luzes de velas mais fortes dançavam através dele. João olhou para Jill. Ela assentiu.

Lentamente — tão lentamente que vocês não o veriam se movendo caso não soubessem que ele estava se movendo — João passou parte da cabeça pelo portal, até nada além da orelha e do olho estarem visíveis dentro do quarto.

Depois voltou rapidamente.

Jill olhou fixo para ele, que gesticulou para que ela fizesse o mesmo que ele. Tão lentamente quanto, tão imperceptivelmente quanto, Jill moveu a cabeça para que pudesse ver apenas com um olho o que havia dentro do quarto.

A primeira coisa que ela viu foi uma instalação de luz — um enorme lustre, na verdade — pendurada no centro do aposento. Estava suspenso do teto abobadado por fios emaranhados de costelas que se entrelaçavam loucamente. Debaixo daquilo ficava o lustre de nove pontas, cada uma feita com um crânio repousado numa bandeja de ossos da pélvis. Entre as nove pontas estavam fêmures, pendurados como roupas secando num varal. O lustre estava coberto de velas, pingando seu sebo amarelado sobre os ossos brancos. O olhar de Jill correu para o teto. Ele dava um novo significado à expressão abóbada de nervuras. Costelas se estendiam em curvas, como nervos ondulando do alto das paredes até o centro do teto, onde uma fila de crânios sorria para Jill. E era possível dizer, a partir do lustre, do teto, das paredes e do chão, que esses não eram simplesmente ossos humanos. Eram ossos de crianças.

Da abóboda de nervuras, longas cordas pendiam, tensas, e no fim de cada uma havia um saco. Um saco amarelado e manchado de sangue. Com o tamanho aproximado de um corpo de criança.

Debaixo desses sacos, no centro do aposento, ficava um altar de pedra. Sobre ele repousava um círculo brilhante. Aquilo era, sem dúvida alguma, o Espelho Mágico, sua superfície agora perfeitamente limpa e perfeitamente clara.

Diante do Espelho, diante do santuário de ossos, estavam ajoelhados os três Outros.

— Por favor! — gemeu o mercador de seda. — Mostre-nos seus segredos, grande Espelho! Faça nossa sua sabedoria!

O Espelho Mágico permaneceu parado sobre o altar, em silêncio.

— O que devemos fazer por você? — perguntou o mercador de óleo. — Espelho da verdade. Mostre-nos seu poder! Nós imploramos!

O Espelho Mágico olhava para eles de seu santuário, impassível.

— Luz guia do Reino dos Duendes... — entoou a velha senhora. — Depósito dos maiores segredos do mundo... Doador de poder... Guardião da verdade... Por favor...

— Estamos tão próximos... — sussurrou o mercador de seda.

— Nós o procuramos durante mil anos... — murmurou o vendedor de óleo.

— Por favor! — bradou a velha senhora. — POR FAVOR!

Nada.

A velha senhora suspirou amargamente — um suspiro de mil anos de frustração — e se levantou.

— Vou tentar ler o feitiço novamente — disse ela. E se aproximou do Espelho. A cabeça de João e a de Jill agora espiavam, com muito cuidado, do outro lado do portal de ossos.

A velha senhora inclinou a cabeça grisalha sobre o espelho.

— *Dara engunfrar osche fuscas, ouba dara zi* — leu ela. — *Dara engunfrar osche fuscas, ouba dara zi! Dara engunfrar osche fuscas, ouba dara zi!*

— O que diabos isso significa? — sussurrou o sapo.

João fechou a boca do anfíbio novamente.

— TODOS JUNTOS! — berrou ela. — TODOS JUNTOS, ENTOEM O FEITIÇO!

— *Dara engunfrar osche fuscas, ouba dara zi!* — entoaram eles. — *Dara engunfrar osche fuscas, ouba dara zi! Dara engunfrar osche fuscas, ouba dara zi!*

— Não está funcionando! — bradou a velha. — Isso não funciona!

— Eles pagarão! — berrou o mercador de seda, agora de pé. — Assim como todas as outras crianças pagaram por fracassar! — E apontou violentamente para os ossos e os sacos ensanguentados sobre a cabeça deles.

Os olhos de João e Jill seguiram o gesto e então se encontraram. Jill indicou a escadaria com a cabeça. João balançou a dele positivamente e se preparou.

— Sim... — murmurou a velha senhora. — Devemos admitir. Eles fracassaram.

Ela balançou a cabeça.

— Aposto que eles são apetitosos, no entanto. — O vendedor de óleo deu de ombros. — Isso é um pequeno consolo.

O rosto das crianças ficou branco.

Jill fez um pequeno movimento na direção da escadaria.

João, por sua vez, entrou no aposento.

Jill virou, viu João e teve um ataque cardíaco. O sapo teve dois. Em sequência.

Os Outros giraram. Por um momento, apenas encararam, chocados demais para falar.

Então a mulher conseguiu dizer:

— Exatamente quem estávamos procurando.

Os dois homens se moveram na direção de João e seguraram os braços finos do garoto.

— Olá — falou o mercador de seda.

— Acontece que — disse o mercador de óleo, sorrindo — aquele Espelho de vocês não é exatamente o que deveria ser.

Com a força que usavam para segurar o braço de João, parecia que acabariam quebrando seus ossos.

— Acontece que — concordou o mercador de seda — ele é falso.

A velha senhora balançou a cabeça:

— E nós *tínhamos* um acordo.

O queixo de João estava erguido, e seus olhos brilhavam como quartzo quando ele falou:

— Deixem-nos tentar. Deixem-nos tentar fazê-lo funcionar.

Jill estava parada junto ao portal atrás dele, observando, tremendo.

A velha se aproximou de João e levantou o rosto até o dele:

— Vocês têm uma hora para fazer o Espelho funcionar. Nossa paciência chegou ao fim.

Em seguida passou por ele, por Jill e saiu da sala de ossos. O mercador de seda abriu um sorriso para João. Pela primeira vez, João notou que seus dentes eram como alfinetes, pequenos e afiados, saindo de gengivas azuis. João tremeu. O mercador de seda riu e foi embora. O vendedor de óleo o seguiu.

João e Jill se aproximaram do Espelho Mágico, agora limpo e claro. Eles colocaram o rosto diante do vidro brilhante.

No Espelho, João viu um menino. Seu rosto estava coberto de suor e sujeira. A boca mostrava uma expressão de medo.

No Espelho, Jill viu uma menina. Seu cabelo estava molhado e grudado na testa. A pele, infestada de bolhas e mortalmente pálida.

Sobre o rosto deles, na parte superior do Espelho, estava talhado um texto estranho. Ele dizia: "*Dara engunfrar osche fuscas, ouba dara zi*".

— O que isso significa? — sussurrou o sapo, espiando pelo bolso de João.

João e Jill balançaram a cabeça.

— É só isso? — perguntou Jill. — Parece só um espelho.

João o levantou do altar de osso.

— *Dara engunfrar osche fuscas, ouba dara zi* — murmurou ele. Então deu de ombros. — Como você acha que funciona?

Jill esfregou o vidro prateado. Nada aconteceu.

João sacudiu o Espelho. Nada.

O sapo implorou para o objeto:

— Por favor, faça alguma coisa! Por favor! Por favor?

Obviamente, nada.

— Não entendo — disse João. — Begehren falou que esse era o maior tesouro do mundo.

— Até mesmo Meas disse que valia a pena procurar por ele — concordou Jill.

Então eles redobraram seus esforços. Tentaram tudo em que puderam pensar para fazê-lo funcionar, desde cantar até usá-lo como chapéu. Nada adiantou.

A hora estava quase no fim.

— Eu desisto! — gritou Jill, finalmente. — Esqueçam! É apenas um espelho idiota!

— *Agora* ela diz que é um espelho idiota — falou o sapo. — *Agora* que visitamos o céu e o mundo subterrâneo, e fomos trancados numa sala de ossos por canibais psicopatas. *Agora* é apenas um espelho idiota.

João resmungou:

— Eles vão nos matar. Eles vão nos matar.

As crianças se sentaram. Sobre a cabeça delas, os sacos de corpos balançavam lentamente na extremidade da corda que rangia. Algumas gotas de sangue caíam sobre o solo de ossos entre as duas crianças.

— Oh, meu Deus... — gemeu Jill.

— Certo, é isso, adeus — falou o sapo. — Vou me esconder. Nunca me viram, até onde eu sei. Até onde sei, eles não sabem que eu existo. Então vou apenas me esconder. Sinto muito, pessoal. Boa sorte para vocês. Adeus. — Ele saltou da camisa de João e começou a procurar um local para se alojar até a carnificina ter acabado. — Eu ficaria e morreria com vocês — acrescentou ele —, mas essa ideia não foi *minha*. Na verdade, como vocês bem se lembram, eu os aconselhei contra essa linha de ação, sei lá, *mil vezes*.

— Eles nunca o viram — murmurou João.

Jill tombou a cabeça nas mãos.

— Eles nunca o viram — repetiu João, se levantando.

— E daí? — perguntou Jill.

— E daí que eu ainda vou sobreviver a essa coisa! — anunciou o sapo.

— Eles nunca o viram! — João sorriu.

Jill e o sapo olharam para João como se ele estivesse louco.

Dez minutos depois, os Outros entraram novamente no quarto. O rosto deles estava sombrio, mas os olhos brilhavam.

— Bem? — falou o mercador de seda. — Vocês se prepararam?

— Com sal e alecrim, talvez? — O vendedor de óleo sorriu.

João e Jill deram as costas ao espelho ao mesmo tempo.

— Ele funciona! — gritaram os dois, animados. — Ele funciona! — Jill correu até a senhora e segurou seu braço. — Venha ver! — gritou ela. — Venha ver!

João estava parado ao lado do espelho, sorrindo como louco.

Os três Outros correram na direção do Espelho. Eles olharam para o objeto.

— O quê? — perguntou a mulher. — Como? Não consigo ver nada! — Ela estava tremendo, como se a expectativa fosse demais para ela. — Mostre-me como! — bradou ela. — Mostre-me como!

Jill falou:

— Afaste-se.

Todos os três Outros deram um passo para trás ao mesmo tempo, seus olhos colados no Espelho.

E Jill falou:

Espelho, espelho meu,
Existe alguém mais bela do que eu?

E, de dentro do altar de ossos, uma voz se ergueu:

Os olhos, as bochechas, o cabelo, o nariz.
A rainha é a mais bela desse país.

— FUNCIONA! — gritaram os Outros. — FUNCIONA! — Seus berros saíam das profundezas da barriga deles e terminavam num guincho tão agudo que machucava os ouvidos de João e Jill. — FUNCIONA!

A velha senhora segurou Jill:

— Faça isso novamente! Faça outra pergunta!

Jill respirou fundo.

Espelho, espelho, faça a lei,
Dos gigantes, quem é o rei?

E o espelho respondeu:

Braço forte, mas juízo torto,
Era Aitheantas. Agora está morto.

— ELE SABE! — guinchou a velha senhora. — ELE SABE TUDO!

— Como funciona? — perguntou o mercador de seda, segurando João pelo braço. — Como vocês o fizeram funcionar?

— Da mesma forma que vocês o limparam — explicou João. — Chame-o de "Espelho, Espelho". Então faça uma pergunta rimada.

— Só isso?! — exclamou o vendedor de óleo. — Isso é tudo o que é necessário?

João deu de ombros:

— Isso é tudo.

— Saiam da minha frente! — berrou o vendedor de óleo.

Ele empurrou João e Jill para o lado e respirou fundo:

Espelho, espelho meu,
Faça de mim o rei de Märchen!

João olhou para Jill. Ela tentou esconder um sorriso.

— Humm — falou João. — Isso não rimou.

— O quê? — perguntou o vendedor de óleo. — Não rimou?

— Não — disse Jill. — E não era uma pergunta. O Espelho parece apenas responder perguntas.

O mercador de seda tirou seu irmão do caminho e se aproximou do Espelho. Ele falou:

Espelho, espelho, conte para mim,
Quando minha vida chegará ao fim?

O espelho ficou em silêncio. Uma gota de suor escorreu pelo rosto de João.

Mas finalmente veio a resposta:

Obedeça a esse Espelho, na alegria e na tristeza.
E você nunca morrerá, com certeza.

— EU SABIA! — guinchou o mercador de seda, saltando no ar com um grito de alegria demente.

A idosa uivou:

— VIVER PARA SEMPRE! Nós vamos VIVER PARA SEMPRE! *Nós conseguimos! Nós conseguimos!*

Os Outros começaram a dançar pela sala, girando e saltitando e se abraçando. O mercador de seda batia nos ossos da parede com os punhos e gritava. O vendedor de óleo dava tapas no próprio rosto repetidamente.

Finalmente, as celebrações repulsivas cessaram, e a velha senhora se aproximou do altar. Ela limpou o suor de alegria da testa e entoou:

Espelho, espelho meu,
Quem é mais inteligente do que eu?

O espelho fez uma pausa. Então respondeu:

No pé da montanha ou no pé de feijão,
Ninguém é mais inteligente do que Jill e João.

Os Outros estavam prestes a começar a pular e gritar em celebração novamente quando se deram conta da resposta.

— O quê? — perguntou a mulher. — O que ele disse?

João e Jill se olharam, aparentemente atordoados.

— Ele disse que somos nós — disse Jill, dando de ombros.

— Isso não é possível! — berrou o mercador de seda. — *Nós* temos o Espelho! *Nós*, que estamos procurando por ele há mil anos! *Nós* temos o Espelho!

— Você está fazendo a pergunta errada! — exclamou o vendedor de óleo. — Aqui, deixe-me tentar.

Espelho, espelho meu,
Quem é mais corajoso do que eu?

Dessa vez o Espelho não hesitou:

No pé da montanha ou no pé de feijão,
Ninguém é mais corajoso do que Jill e João.

— NÃO! — gritaram os Outros ao mesmo tempo. — NÃO! Não é possível! Como poderia ser?

— *Nós* somos os mais inteligentes!

— *Nós* somos os mais corajosos!

— Não somos?

— Não somos?

— Não somos? — uivaram todos eles.

O vendedor de óleo parou bem em frente ao Espelho Mágico e olhou para seu rosto cristalino:

— Por favor, Espelho, por favor. Nós somos os mais corajosos, não somos? Não somos, Espelho? Não somos? Diga que somos!

— Deixe-me perguntar! — exigiu o mercador de seda.

Todos recuaram, e ele entoou:

Espelho, espelho meu,
Quem é mais sábio do que eu?

E a voz do Espelho soou como um trompete de bronze:

—

No pé da montanha ou no pé de feijão,
Ninguém é mais sábio do que Jill e João.

O quarto reverberou com um grito tão aterrador e terrível que os teria deixado de joelhos.

— *Não!* — uivaram os Outros. — Diga que não é verdade! Diga que não é verdade!

Mas era verdade. O Espelho tinha decretado.

— Como isso é possível? — gritaram os Outros. — Eles são crianças! Crianças estúpidas!

— Eles não são inteligentes!

— Eles não são corajosos!

— Eles não são nem espertos!

— Não são tão sábios quanto nós! Ninguém é tão sábio quanto nós!

Então João falou:

— Vocês podem perguntar *por que* ele pensa que somos tão corajosos e sábios e inteligentes.

— Ou — sugeriu Jill — talvez ele possa lhes contar como vocês podem se tornar ainda melhores que nós.

A velha olhou para Jill, olhos ardentes e dementes.

— Sim! — bradou ela. — Sim, claro! Agora que temos o Espelho, podemos saber exatamente o que fazer! Saiam da frente!

Todos saíram, e ela berrou:

—

Espelho, espelho, agora é pra valer,
Para sermos os maiores, o que devemos fazer?

Houve um longo silêncio. Na sala de ossos, o único som vinha das gotas de sangue pingando dos sacos de corpos sobre a cabeça deles e da respiração frenética e entrecortada dos Outros.

Finalmente, o espelho respondeu:

João e Jill lutaram contra um terror danado
Para encontrar, e recuperar, esse Espelho sagrado.
Vocês três passaram a vida a pecar.
Para provar seu valor, deveriam se entregar.
Vão até os guardas do trono real.
Mostrem-lhes suas vítimas, seus ossos e todo o mal.
Se puderem a justiça sem medo enfrentar,
Então logo seus próprios nomes desse Espelho vão escutar.

O Espelho ficou em silêncio novamente. Os Outros olhavam fixamente para ele, congelados.

— Nos entregar? — resmungou o vendedor de óleo.

João e Jill observaram o rosto dos Outros, tensos.

— Enfrentar a justiça? — perguntou o mercador de seda. — Mas certamente eles nos condenarão à morte.

Mas a velha senhora levantou a voz:

Espelho, espelho, mestre do destino e do presente,
Se fizermos isso, seremos grandes realmente?

E o espelho respondeu:

Enfrentem a punição, mantendo a cabeça erguida,
E serão realmente os maiores dessa vida.

— Nós seremos! — gabou-se a idosa. — *Nós seremos!* — Então ordenou para seus dois irmãos: — Vamos lá!

Ela saiu correndo do aposento. Por um instante, os dois homens continuaram a olhar para o Espelho. Então, lentamente, decididamente, eles se viraram e seguiram a irmã.

Por quase vinte minutos, nem João nem Jill disseram uma palavra. Apenas ficaram ali, totalmente imóveis, escutando as batidas de seus corações, rezando para que os Outros tivessem realmente ido embora.

Finalmente, o Espelho entoou:

— Bem, essa deve ter sido a *melhor* atuação da história de Märchen.

O sapo se arrastou para fora do buraco entre as duas costelas na base do altar. Ele estava radiante.

— Foi muito boa — falou João, sorrindo.

— *Muito boa*? Foi *incrível*! Foi *genial*! Sou um *gênio* da dramaturgia!

João riu:

— Você deve ser realmente um gênio da dramaturgia.

— Sou mesmo — concordou o sapo. Mas então fez uma pausa. — Ainda assim, não acredito que eles caíram nessa! Por que caíram nessa?

Jill respondeu:

— Você não viu como eles veneravam o Espelho, mesmo antes de ele falar? Você não reconheceu isso de algum lugar?

João falou:

— Eu reconheci.

— Eles estão con-fundidos — disse Jill.

— Com o Espelho — acrescentou João.

As crianças encararam o Espelho Mágico.

— Talvez — disse o sapo. — Ou talvez eu simplesmente seja um gênio da dramaturgia.

CAPÍTULO DOZE

Face a Face

Era uma vez duas crianças que caminhavam por uma longa estrada empoeirada.

João passava o dedo no Espelho de vez em quando. Ele balançava a cabeça enquanto olhava para o objeto. Seus segredos permaneciam trancados lá dentro.

Jill se perguntou sobre os Outros. Ela imaginava onde estavam e se estes seguiam o conselho do espelho. Observava a estrada cautelosamente.

O estômago das crianças estava embrulhado, e a garganta delas tinham nós que dificultavam a respiração. Mas não apenas por causa dos Outros. Nem unicamente por causa do Espelho.

O estômago delas estava embrulhado e a garganta tinha nós porque, finalmente, retornavam aos lugares que tinham abandonado, às pessoas de quem tinham fugido. Estavam, finalmente, voltando para casa.

Eles chegaram a uma bifurcação na estrada.

— Eu vou por aqui — falou João.

Jill assentiu:

— Eu vou por aqui.

Eles se abraçaram.

— Ah — disse João. — Você quer o Espelho? Não sei o que fazer com ele.

Jill fez que não com a cabeça:

— Fique com ele. Não precisamos de mais um espelho em minha casa.

João mostrou um sorriso amarelo.

— Claro — falou ele. Depois sussurrou: — Boa sorte.

— Boa sorte — sussurrou Jill em resposta.

E eles se separaram.

Enquanto João seguia pelas pequenas estradas do interior, que levavam até a casa de seu pai, ele viu um grupo de garotos brincando de cabra-cega num campo. Maria era a cabra-cega. Seus olhos estavam fechados, e ele tropeçava pelo campo atrás dos outros garotos, que pulavam e fugiam do caminho.

— Oi — falou João.

Alguns dos garotos se viraram em sua direção.

— Quem está aí? — gritou Maria, os olhos ainda fechados com força.

— Sou eu — disse João. — João.

Os olhos de Maria se abriram imediatamente. Todos os garotos estavam olhando agora.

Maria perguntou:

— O que aconteceu com você?

João sorriu.

— Muita coisa. Você se lembra de quando comprei aquele feijão. Bem, então...

— Não — falou Maria. — Estou falando sobre o que aconteceu com sua pele. Você caiu numa privada ou algo assim?

Os garotos explodiram em risadas.

João olhou para sua pele. Realmente parecia repugnante. Ele falou:

— Fiquei assim por entrar no estômago de uma besta cuspidora de fogo!

— Engraçado. Minha privada cospe água — disse Maria, e os garotos rugiram.

— Eu entrei! — insistiu João. — Eu entrei!

Os garotos riram ainda mais.

João ficou parado, olhando fixamente para eles. Uma sabedoria fraca e distante fez cócegas em seu cérebro. Ele deixou aquilo de lado e seguiu para casa. Ao chegar à porta da frente, respirou fundo.

Antes que pudesse girar a maçaneta, a porta se abriu. Seu pai estava do outro lado do portal.

Um momento de silêncio.

E então:

— João?

João assentiu.

O pai de João envolveu os braços em seu filho.

—

Ele preparou comida para o filho, ajudou-o a se lavar e o levou para se deitar. João não precisaria se preocupar com tarefas por algum tempo. Ele parecia ter passado por momentos difíceis.

— Senti sua falta — disse o pai. — Eu me sinto mal pela forma como agi.

João assentiu. Mas já estava olhando pela janela, observando os garotos que brincavam de cabra-cega.

No dia seguinte, ele estava do lado de fora com eles, caminhando pelo rio, correndo com eles pelos campos.

Logo, aquela velha canção recomeçou.

Maria tinha um cordeirinho, cordeirinho, cordeirinho. Maria tinha um cordeirinho cuja lã era preta como carvão.

— Não cantem isso — falou João. — Não é engraçado.

E os garotos cantavam mais alto.

Aonde quer que Maria fosse, Maria fosse, Maria fosse, aonde quer que Maria fosse, o cordeirinho ia atrás.

— Por favor, parem!

As crianças riam e brincavam, riam e brincavam, riam e brincavam, as crianças riam e brincavam ao ver o cordeirinho seguir.

— PAREM! — gritou João.

E os garotos rugiam em gargalhadas.

João tentou apenas ficar com os garotos. Sem segui-los. Apenas ficar perto. Ele inclusive tentou contar sobre os lugares aonde tinha ido e as coisas que tinha feito. Mas eles não acreditavam. João era um sonhador. E um seguidor. Sempre foi, sempre seria.

Eles o provocavam impiedosamente. E, quando não o estavam provocando, estavam caçoando uns aos outros. João odiava aquilo.

E a canção. A canção não acabava.

Maria tinha um cordeirinho, cordeirinho...

Então, um dia, João se encheu daquilo.

Maria vinha provocando há horas, chamando João de "privada" por causa de suas bolhas e de sua pele cheia de feridas, e perguntando por que tanto os seguia. Os garotos cantavam a música do cordeirinho sem parar.

João ficou ali, aceitando aquilo, tentando rir — enquanto seu rosto ficava vermelho e ele apertava os olhos para conter as lágrimas.

Bem naquele momento, com o canto do olho, ele viu três corvos passarem voando. João não sabia se aqueles eram os corvos falantes ou não. Poderiam ser corvos comuns, até onde sabia.

Mas, quando os viu, ele se lembrou de algo que os corvos falantes haviam dito. Algo que ele não tinha compreendido na época. *Quando vocês fazem o que querem, não o que desejam...*

E de repente ele entendeu. *Eu desejaria ser amigo desses garotos. Mas não quero ser. Acho que não gosto nem um pouco deles.*

E, sem dizer mais nenhuma palavra, se virou e foi embora.

Fazia uma semana que Jill deixara o sapo na beira do poço e prometera que voltaria para visitá-lo em breve.

Ele parecia infeliz em toda aquela escuridão fedorenta e coberta de musgo.

— É melhor você voltar mesmo... — falou ele.

Ela sorriu.

Jill seguiu até a frente do castelo. Ela começou a caminhar muito devagar, seu estômago se revirando sem parar. Então acelerou. E acelerou. E acelerou. Logo estava correndo. Ela chegou ao portão do castelo.

Os guardas olharam rapidamente para ela e disseram:

— Princesa?

Jill assentiu, os olhos úmidos, a garganta muito entalada para falar.

— A princesa está de volta! — gritaram eles. — A princesa está de volta!

O grito foi transmitido por todo o castelo. Jill correu até a enorme porta, entrou pelo grande salão e finalmente subiu a escada que levava à sala do trono. Enquanto corria, ela escutava "A princesa está de volta! A princesa está de volta!", ecoando nas paredes, e também risadas, gritos animados e até mesmo choro.

Jill entrou correndo na sala do trono. Seu pai saiu quase 30 centímetros do chão ao ouvir a porta se abrir. Ele gritou:

— Querida!

Mas Jill correu a sua mãe. Ela tinha se virado, seus olhos arregalados como luas, e Jill se arremessou em seus braços. Afundando o rosto no pescoço da mãe, ela falou:

— Mamãezinha.

E a mãe a abraçou. Mas não com força.

Depois de um tempo, Jill se afastou.

A rainha parecia levemente enojada.

— Querida... — começou ela. — O que aconteceu com você...?

— Bem — falou Jill —, é uma longa história. Ela começa com um pé de feijão. Não, ela começa com um sapo, que pode...

Mas a mãe a interrompeu.

— Não — disse. — Eu estava falando sobre o que aconteceu com sua pele, querida.

Jill sentiu como se tivesse levado um soco no estômago. Ela deu um passo para trás, olhou para o chão e falou:

— Sinto muito, mamãezinha. Vou me lavar.

Então Jill se lavou o melhor que foi capaz, passou um unguento em suas bolhas, vestiu todas as roupas certas e voltou à vida de antes — sentada ao lado da mãe enquanto a rainha retocava a maquiagem ou mexia no cabelo.

Mas aquilo não parecia certo.

De vez em quando ela dizia à mãe como ela estava linda. E a mãe ruborizava e negava e sorria, exatamente como sempre fazia.

Mas agora esse ritual fazia Jill se lembrar de duendes e um trono e lenços de seda que a amarravam.

Um dia, sua mãe estava testando novos tons de sombra para os olhos e Jill estava entediada. Ela olhou pela janela, se lembrando daquele dia fatídico com o pedinte. Então, de repente, do outro lado da praça, ela viu três vultos escuros. Seu coração parou.

Pássaros, ela percebeu. Eram pássaros negros, criando longas sombras sobre um parapeito. Talvez corvos. Ela sorriu ao pensar que, talvez, eles soubessem o futuro...

De repente, Jill se lembrou de algo que os corvos tinham dito a ela. *Quando vocês deixam de procurar seu reflexo nos olhos dos outros...*

Ela pensou nos olhos pálidos dos Outros. Depois pensou em sua mãe.

Naquele exato momento, a rainha olhou para ela:

— Querida, você pode ir passar mais maquiagem? Suas bolhas estão começando a reaparecer.

Jill sentiu o familiar embrulho no estômago, ao qual ela novamente se acostumava agora que tinha voltado para casa. Mas ela o engoliu. Respirou fundo. E tentou uma outra abordagem:

— Estamos apenas nós duas aqui, mamãezinha. E eu realmente não me importo com minha pele.

— Bem, eu me importo! Ela está horrorosa! Você está horrorosa! — E voltou a testar a sombra para os olhos.

Jill encarou sua linda mãe. Então, muito lentamente, esticou o braço para pegar uma escova de cabelos prateada e pesada numa mesa lateral.

A rainha estava muito ocupada admirando um novo tom azul para notar. E também não percebeu quando Jill levou a escova até atrás de sua cabeça. Mas ela certamente notou quando o objeto atingiu o grande espelho prateado e o estilhaçou em um milhão de pedaços.

— EU NÃO ME IMPORTO! — gritou Jill.

A mãe de Jill se virou, o queixo caído e os olhos arregalados como luas.

Uma raiva e uma mágoa tão profundas e tão antigas transbordaram de dentro da menininha:

— EU NÃO ME IMPORTO COM O QUE VOCÊ PENSA! EU NÃO ME IMPORTO! Você olha para esse espelho o dia inteiro e não consegue ver! *Você nem consegue ver!* — Então se virou e saiu correndo.

A rainha estava congelada. Finalmente, ela se sacudiu, se levantou e correu até a porta do quarto. Ela olhou para o corredor. Vazio. Olhou novamente para o quarto. Seu espelho estava estilhaçado.

Ainda assim, naquele momento, a rainha não ficou preocupada com o espelho. Nem um pouco. Ela estava muito mais preocupada com outra coisa. Outra pessoa. E ela achou isso muito, mas muito surpreendente.

— Jill! — gritou ela. — JILL!

Mas era tarde demais. Jill tinha ido embora.

Jill chegou ao poço.

Ela parou.

João já estava sentado na borda. A luz em seu rosto penetrava entre as árvores nuas. Cantos de pássaros ecoavam no bosque, assim como o ranger de galhos no vento.

Jill se sentou ao lado dele. Nenhum dos dois falou. Eles não precisaram. João pressionou os lábios numa tentativa fracassada de um sorriso. Jill passou o braço em volta dos ombros do primo.

Naquele exato momento, o sapo escalou até a beira do poço.

— Oba! Vocês voltaram! — gritou ele. — Como foi? Bom? Melhor que aqui, espero. Eu achava que Eddie era fedorento. Caramba! Um sapo abandona seu poço por um ano, volta para casa e parece que andaram cultivando mofo intencionalmente! Na verdade, provavelmente elas cultivaram mesmo! E tão buuuuurras! "Ei, Sapo, onde você esteve? Onde eu estive? Onde estou? Quem sou? Qual é o sentido da vida?" Idiotas. — O sapo sorriu para as duas crianças com animação. Então seu rosto ficou sério.

— O quê? — perguntou ele. — O que há de errado? — Ele esperou. — O que, não deu tudo certo?

João e Jill fizeram que não com a cabeça.

— Não deu nada certo — respondeu João.

O sapo suspirou:

— Nada de "Você é tão linda", "Você é tão incrível"?

— Não — falou João.

— Não — disse Jill.

Os pássaros cantavam nas árvores como se nada estivesse errado. O sapo olhou para cima. O céu exibia aquele azul-celeste profundo que um dia ele tinha amado tanto.

— Nada de "Lar Doce Lar"? — insistiu o sapo.

— Aquele não é meu lar — falou Jill.

João olhou para ela, que disse:

— Seu lar é onde você pode ser você mesmo.

João pressionou os lábios e assentiu. Ele segurou a mão dela, pegou o sapo e se levantou. Jill se levantou também.

Então João e Jill foram embora.

Enquanto João e Jill caminhavam, sem um destino em mente, eles chegaram a uma montanha alta, bem nas cercanias da cidade. Ao redor da base da montanha, uma grande multidão se juntava. As duas crianças se aproximaram e tentaram perguntar o que estava acontecendo, mas ninguém lhes dava ouvidos. Todos esticavam o pescoço para ver o topo da montanha.

Finalmente, João cutucou um garoto que devia ter sua idade.

— O que todos estão observando? — perguntou ele.

O garoto respondeu:

— Três assassinos estão sendo punidos. Eles vão ser rolados montanha abaixo.

Era um garoto pequeno, com um rosto coberto de fuligem e sem os dentes da frente.

— Rolados montanha abaixo!? — exclamou João. — Que tipo de punição é essa?

O garoto mostrou seu sorriso banguela para João:

— Bem, eles foram até os guardas reais e confessaram ser assassinos... e canibais! Então foram levados diante de um juiz. E não um juiz qualquer. O Juiz Pedinte.

João e Jill deram de ombros.

— Vocês não conhecem o Juiz Pedinte?! — exclamou o garoto. — Mas ele é famoso! É o pedinte que deu seu cobertor à princesa quando ela estava nua. — O rosto de Jill ficou vermelho e quente, e ela olhou mais atentamente para o garoto, que continuou, distraído. — O rei o viu fazer aquilo e, por ser tão gentil e misericordioso, transformou-o em juiz. E ele é o melhor juiz que temos. Sábio e justo.

O garoto continuou:

— De qualquer forma, os assassinos foram levados diante do Juiz Pedinte. Ele lhes perguntou por que eles confessaram. E vocês sabem o que eles disseram? Disseram que, quando confessassem, eles seriam as criaturas mais maravilhosas, corajosas e sábias em todo o mundo! *Criaturas*. Foi isso o que eles disseram! — O garoto estava claramente gostando da história. — Então o juiz falou: "Se vocês são tão sábios, podem ser meus assistentes e me ajudar a julgar!". Bem, os assassinos gostam disso, não gostam?

O garoto respirou fundo, se preparando para a o clímax da história:

— Bem, o primeiro caso que eles tiveram que julgar foi o de um assassino. E o juiz perguntou a eles qual deveria ser a punição. E eles disseram para colocá-lo num barril, atravessá-lo com pregos e rolar o barril do alto de uma montanha. Eles ficaram muito orgulhosos de si mesmos por aquela pitada de sabedoria. Então o Juiz Pedinte falou: "Vocês decretaram sua própria sentença". E foi isso.

Quando o garoto terminou sua história, um terrível grito se ergueu no topo da montanha e os três barris começaram a rolar pelo declive íngreme.

Os barris quicavam e quicavam sobre pedras e valas, e a cada quique os gritos ficavam mais horripilantes e terríveis. Então, quando tinham percorrido dois terços da montanha, os gritos pararam completamente e os barris rolaram o resto do caminho num silêncio sinistro.

Quando eles finalmente pararam no pé da montanha, a multidão se aproximou ansiosamente para abrir os barris e examinar os corpos no interior.

Mas João e Jill deram as costas à confusão.

— Eles deviam estar muito con-fundidos mesmo — murmurou Jill.

João assentiu.

E foram embora.

João e Jill tinham um novo lar. Era uma pequena clareira atrás de uma aldeia minúscula, nos arredores do reino de Märchen. Eles não tinham um teto sobre a cabeça, nem mesmo uma cobertura natural, pois aqueles eram os dias mais frios do inverno e nenhuma árvore tinha folhas. Quando chovia, as crianças ficavam encharcadas até os ossos, aconchegavam-se e tremiam. Chuva à noite era a pior coisa. Enquanto elas se abraçavam para se proteger das agulhas congelantes, o sapo suspirava e dizia:

— Até mesmo meu poço é melhor que isso. — Mas permaneceu com eles mesmo assim.

Durante o dia, João e Jill recolhiam gravetos caídos na floresta e os espalhavam no centro de sua clareira para secar. Depois os juntavam e os levavam até a aldeia, indo de porta em porta para vendê-los como atiçadores de lareira, torcendo para conseguir um centavo por tudo aquilo.

A maioria das pessoas recusava.

— Argh! — gritavam ao ver as crianças à porta de suas casas. — São aqueles órfãos imundos. — E batiam as portas na cara das crianças.

E era compreensível. João e Jill tinham uma aparência bastante repugnante. Eles não tomavam banho havia semanas, a pele dos dois estava cheia de feridas por causa das bolhas, seus cabelos pareciam sebo e suas roupas fediam.

Ocasionalmente, alguém comprava um fardo de gravetos para sua lareira e pagava um centavo às crianças, que o trocavam por um pão ou um pequeno pedaço de queijo, levavam a comida até a clareira e comiam avidamente. Mas na maior parte dos dias as crianças simplesmente ficavam sentadas na chuva torrencial, abraçadas sobre o chão lamacento, os galhos nus batendo e uivando com o vento. Os braços de João envolviam Jill, ou os dela envolviam o menino, e o sapo se encolhia entre eles enquanto eles eram castigados pela chuva, pela neve ou pelo granizo. E não havia absolutamente nada que pudessem fazer.

De vez em quando, eles pegavam o Espelho Mágico. Olhavam para o objeto e pensavam nos erros que os tinham levado àquele lugar. O maior de todos tinha sido sair em busca do espelho estúpido e inútil.

—

Então, à medida que os dias se transformavam em semanas e as semanas se transformavam em meses, as coisas começaram a mudar.

O clima mudou do fim do inverno para o começo da primavera. Pequenos botões surgiram nos galhos acima de onde as crianças dormiam à noite, e se transformaram em flores brancas.

Depois de recolher gravetos suficientes por um dia e espalhá-los ao sol para secar, João e Jill brincavam. João, vocês podem se lembrar, tinha a imaginação mais incrível. Ele criava situações fantásticas, as narrava para Jill e eles as encenavam — encontrando dragões e falando línguas inventadas e procurando tesouros enterrados. Jill era a engraçada. Ela fazia piadas tão sarcásticas que João não as reconhecia como piadas, até o sapo começar a rir, então João começava a rir também e não parava até a barriga doer.

O povo da aldeia ainda gritava com eles, e as crianças que os viam brincando faziam provocações e até mesmo jogavam pedras.

Mas a coisa mais estranha estava acontecendo. João e Jill começaram a não se importar. Eles se aprofundavam cada vez mais na floresta, fingindo ser perseguidos por unicórnios gigantes devoradores de homens, ou algo igualmente ridículo. Mais tarde, eles subiam em árvores e saltavam dos galhos. Entravam sem medo em riachos caudalosos e lamacentos, faziam bolas de lama para jogar um no outro, e o sapo gritava, e eles caíam no chão de tanto rir. Então, à noite, eles se deitavam sob as estrelas e o clima não era tão frio quanto costumava ser. E João pensava, *eu me diverti hoje*. E Jill pensava, *fiquei feliz com o que fiz*.

Era uma sensação estranha.

Vocês sabem o que está acontecendo com João e Jill nesse momento?

Não tenho certeza, mas acho que é algo assim:

Existe uma coisa estranha que acontece quando você para de se preocupar tanto com o que as outras pessoas pensam de você. Quando você não está mais — para usar a expressão dos corvos — con-fundido.

Nesse momento, você repentinamente começa a ver o que *você* pensa de si mesmo.

Pela primeira vez em suas curtas vidas, João e Jill se sentiam suficientemente livres para ver o que pensavam de si mesmos. E ficaram chocados ao descobrir algo realmente muito surpreendente.

Eles ficaram chocados ao descobrir que, na verdade, *gostavam de si mesmos.*

Eles eram engraçados e bobos e cheios de imaginação e muito, mas muito, carinhosos.

Eles nunca tinham percebido isso antes. Mas, na verdade, eles gostavam muito de si mesmos.

Até que algo ainda mais estranho aconteceu. Foi num dia quente de primavera. João e Jill caminhavam pelo riacho, jogando bolas de lama um no outro e rindo a plenos pulmões, quando uma menininha apareceu junto às árvores perto da beira do riacho.

Jill a viu e decidiu ignorá-la. A menina estava provavelmente esperando para jogar uma pedra neles.

Mas João a viu e parou. Quando fez isso, uma das bolas de lama arremessadas por Jill o acertou diretamente na cabeça. Ele tropeçou. Então ergueu o olhar. A menininha, que tinha cabelo laranja grudento que descia até os ombros, colocou a mão na frente da boca. Ela escondia um sorriso. João limpou a lama do rosto e sorriu de volta.

Jill o atingiu na cabeça com outra bola de lama.

— Ei! — gritou ele. Jill deu uma gargalhada. João se virou novamente para a menina. — Você quer alguma coisa?

Ela continuou a olhar fixamente para eles, depois deu de ombros e falou:

— Posso brincar com vocês?

O queixo de João caiu. O mesmo aconteceu com Jill.

— Humm... — falou João. — É... claro.

A menininha entrou diretamente no riacho, se abaixou, enfiou as mãos no leito lamacento, juntou uma grande bola de lama e acertou João no rosto com ela.

— Ei! — gritou ele novamente. Jill guinchou e jogou outra bola de lama nele, que gritou: — Recuar! Recuar!

As duas meninas saíram correndo atrás dele pelo rio, arremessando bolas de lama.

No dia seguinte, a menininha — cujo nome era Elsie — estava no riacho novamente. Ela tinha levado sua irmã mais nova, que tinha o mesmo cabelo laranja e as mesmas sardas. João e Jill estavam numa árvore dessa vez, inventando histórias um para o outro.

— Posso subir? — perguntou Elsie.

João gesticulou para que ela se juntasse a eles.

— E eu posso? — repetiu sua pequena irmã, com uma voz fina.

— Claro — disse Jill. E deslizou sobre o galho para dar espaço às meninas.

Durante as semanas seguintes, um pequeno grupo de crianças se formou na floresta. Todo dia, no calor do fim da tarde, elas se juntavam e brincavam com João e Jill. E ninguém falava nada sobre a pele deles, suas roupas ou onde viviam. Elas simplesmente pareciam não se importar.

Logo aquilo se tornou um ritual. Todo dia, depois que João e Jill tinham vendido todos os seus gravetos, eles eram recebidos por um pequeno grupo de meninos e meninas em sua clareira na floresta. Era uma sensação boa. Como estar em casa.

De vez em quando, João e Jill pegavam o Espelho. Eles olhavam para ele, se maravilhando com sua desconcertante inutilidade.

— Como os duendes o achavam tão valioso? — perguntou João.

— Sei lá. — Jill deu de ombros. Eles o estudaram por mais um tempo. — Acho que toda a busca foi um desperdício — concluiu ela, deixando o objeto de lado.

— É — concordou João.

Mas nenhum dos dois achava realmente aquilo. Não mais. Não mesmo.

Um dia, o sapo colocou a cabeça para fora do tronco oco na clareira:

— Ei, pessoal! Descobri uma coisa!

João o tirou de dentro do tronco.

— Pegue o Espelho também — disse o sapo a Jill.

Ela olhou para ele de forma estranha e então tirou o Espelho de seu lugar no tronco.

— Mantenha o Espelho levantado — falou o sapo.

A menina segurou o Espelho na frente dele.

— Você ainda se parece com um velho sapo gordo — disse João.

O sapo o ignorou.

— Acho que sei o que diz.

João olhou para o reflexo do sapo.

— Você sabe o que *quem* diz?

— A inscrição, idiota! — gritou o sapo.

De repente, as expressões das crianças ficaram mais sérias. Jill falou:

— Ela diz "*Dara engunfrar osche fuscas, ouba dara zi*".

— Grande sabedoria — acrescentou João.

— Talvez esteja na língua dos duendes... — supôs Jill.

— Não, parem, escutem por um segundo — insistiu o sapo. — Não é "*Dara engunfrar osche fuscas, ouba dara zi*". A primeira letra não é um *d*, é um *p*.

— Para? — falou Jill lentamente.

— E na próxima palavra, não é um *g*, é um *c*.

João e Jill se inclinaram para mais perto do Espelho.

— E um *o* em vez de um *u*. E, acho, um *t* estranho no lugar do *f*.

— Quanto tempo você passou pensando nisso? — perguntou João.

— Muito — respondeu o sapo. — E aquilo não é um *s*, é apenas um rabisco decorativo.

João se debruçou sobre o espelho, com um dedo nos lábios, olhando atentamente para as letras.

— Oh... — murmurou ele.

— E aquilo é um *q*, não um *c*. E um *u*, não um *h*.

— Onde você aprendeu a ler? — perguntou Jill, de repente.

Mas João falou:

— Sapo, você é um gênio...

O sapo sorriu e continuou:

— Então tem um *b* no lugar do *f* e são um *l* e um *h* depois do *o*, não um *u* e um *b*.

Jill assentiu, pensativa.

— Por fim — disse o sapo —, além do *p* igual ao do início, não é um *z*, mas um *t*.

João e Jill estudaram o espelho.

Seus olhos viajaram sobre o vidro prateado.

Olharam para seus reflexos.

E assim João e Jill de repente perceberam para que realmente tinha servido sua busca e o que eles realmente procuravam esse tempo todo. E, naquele exato momento, eles encontraram.

Esperem!

O quê?

O que acabou de acontecer?

O que eles vinham procurando? O que eles encontraram?

O espelho é mágico? O que ele mostrou?

Vejam bem, crianças. Estou apenas contando essa história. Não tenho todas as respostas. Vocês terão que descobrir isso sozinhos.

— Humm — falou uma voz. — Com licença, mas aquele sapo acabou de falar?

João e Jill e o sapo se viraram. Elsie e sua irmãzinha estavam paradas na beira da clareira, olhando fixamente para eles.

— Ah, não... — murmurou o sapo.

— Bem... — falou João. — Sim.

— Como? — indagou Elsie.

— Posso ver? — perguntou sua irmã.

João olhou para Jill. Jill olhou para o sapo. O sapo deu de ombros.

— Venham até aqui — disse Jill, batendo com a palma da mão no espaço ao seu lado sobre o tronco. — Conheçam nosso amigo Sapo. Ele sabe falar.

— Olá — falou o sapo.

— Oi — responderam as duas meninas ruivas ao mesmo tempo.

— Você é incrível... — disse a irmãzinha de Elsie.

O sapo ficou radiante.

— Como você fala? — perguntou Elsie.

— É uma longa história — respondeu o sapo.

E as duas meninas, exatamente no mesmo momento, falaram:

— Tudo bem.

O sapo suspirou.

O sol se punha e o céu estava vermelho e amarelo e cor-de-rosa e azul quando o sapo terminou a história.

— Isso foi maravilhoso... — disse Elsie, suspirando.

— Você pode contar outra vez? — pediu a irmãzinha.

João e Jill riram.

— Quero dizer, amanhã — explicou a menininha. — Quero trazer meus amigos.

O sorriso sumiu do rosto de João e Jill.

— Sim — disse Elsie. — Todas as crianças vão querer conhecer o sapo agora!

— E escutar a história! — concordou a irmã.

João e Jill olharam para o sapo.

— O que você acha? — perguntou Jill.

O sapo virou a cabeça timidamente para o lado:

— Elas *todas* vão querer me conhecer? — perguntou ele.

— Oh, sim!

— *E* escutar a história?

— Definitivamente!

— Bem — respondeu o sapo. — Se vocês *insistem*.

Na tarde seguinte, todas as crianças que já tinham ido à clareira para brincar com João e Jill agrupavam-se diante do tronco oco. O sapo estava sentado entre João e Jill. E, assim que as crianças tinham se recuperado de sua animação histérica por conhecer um sapo falante, ele lhes contou toda a sua história.

Quando terminou, o céu estava escuro e as estrelas cintilavam sobre eles.

As crianças instantaneamente clamaram por mais:

— O que aconteceu depois? Como você conheceu João e Jill? Podemos conhecer as salamandras?

— Não — respondeu o sapo. — Vocês *não podem* conhecer as salamandras. E quanto a como eu conheci João e Jill? Essa é outra história muito longa.

Ao que todas as crianças, ao mesmo tempo, responderam:

— Tudo bem.

João e Jill riram. A menina sugeriu:

— Por que não contamos amanhã?

No dia seguinte, um grupo ainda maior de crianças tinha se juntado. Até mesmo alguns garotos da aldeia de João estavam ali. Não Maria, é claro. Mas alguns dos mais calmos apareceram.

Jill lhes contou tudo sobre a mãe e o mercador de seda e a terrível procissão real.

As crianças adoraram. Elas absorviam cada palavra. Um garotinho no fundo chamado Hans Christian ria, se maravilhava e batia palmas sem parar durante toda a história.

No dia seguinte, João contou a eles sobre ter que vender a Leitosa e sobre o vendedor de óleo de cobra. Os garotos da aldeia riram quando João cantou a canção do carneirinho e contaram às outras crianças que aquilo era verdade — que realmente havia uma velha carroça caindo aos pedaços e que João realmente trocou sua vaca por um feijão. Depois João e Jill e o sapo lhes contaram sobre a velha senhora assustadora com os olhos pálidos e o pé de feijão. As crianças ficaram hipnotizadas. Especialmente um garotinho sentado na frente chamado Joseph, mas que era chamado por todos de J.J.

Depois da história, enquanto as estrelas piscavam no céu escuro, Elsie e sua irmãzinha puxaram alguns dos garotos da aldeia de lado.

— Vocês não acham que o pai do João sente saudades dele? — perguntou Elsie.

— Ele sente — respondeu um dos garotos. — Está de luto.

— Aposto que a mãe de Jill também tem saudades dela — falou a irmãzinha de Elsie.

— Bem — disse Elsie —, por que não descobrimos?

Na noite seguinte, o grupo era enorme. João e Jill tinham planejado contar a história dos gigantes, e juntaram gravetos e galhos suficientes para fazer uma grande fogueira. As crianças se sentaram em volta das chamas crepitantes enquanto o crepúsculo chegava e João e Jill e o sapo se preparavam para contar sobre suas aventuras no céu.

Mas, antes que eles pudessem começar, algumas figuras sombrias se aproximaram da parte de trás do grupo. Eram pelo menos três e pareciam bem grandes para serem crianças.

Elsie correu até Jill e puxou seu braço.

— Jill — sussurrou ela. — Você acha que poderia nos contar a história desde o início novamente? A maioria das crianças perdeu a parte do sapo.

Jill deu de ombros e perguntou a João. João deu de ombros e perguntou ao sapo. O sapo deu de ombros e falou:

— Eles querem ouvir *minha* história de novo? Não sei... — E começou a contar novamente.

No meio das árvores, uma mulher tão alta quanto uma estátua e tão esbelta quanto uma vara de salgueiro colocou a mão sobre a boca e olhou fixamente. Então ela riu. Então ficou séria. No fim da história, secava uma lágrima em seu olho.

Na noite seguinte, a multidão de crianças retornou. E na seguinte. E na seguinte. E todas as noites, quando a fogueira estava ardendo e as crianças estavam confortáveis, aquelas três figuras sombrias apareciam por trás do grupo e ficavam paradas entre as árvores.

Elas ouviram as crianças contarem sobre o mercador de seda e o vendedor de óleo de cobra e a velha. Ouviram as crianças contarem sobre os gigantes. Ouviram sobre João e Jill caindo do céu e rolando montanha abaixo.

Uma menininha sentada na parte da frente, cujo sobrenome era Gansa, riu tão alto daquela parte que João e Jill pararam e olharam para ela.

— Eu abri minha cabeça — falou João, para lembrá-la.

— Eu sei — disse a menininha, secando lágrimas de júbilo dos olhos. — Sinto muito.

Elas ouviram as crianças contarem sobre a sereia. Ouviram histórias sobre os duendes. Ouviram tudo sobre Eddie. Todos amaram Eddie. Finalmente, ouviram João e Jill contarem sobre os terríveis Outros.

Enquanto João e Jill falavam, o fogo iluminava o rosto dos dois, energizando suas feições, destacando seus olhos. Eles falavam com tanta paixão — e sobre coisas tão assustadoras e maravilhosas. As vozes ribombavam, e as crianças se encolhiam; as vozes se tornavam mais baixas, e todos se aproximavam. João e Jill eram impetuosos. E sinceros. E impressionantes. E belos. Na luz crepitante da fogueira, ali fora, no bosque verde pálido entre as árvores escuras, todos viam aquilo. Eles eram crianças incríveis, impetuosas e belas.

Então eles chegaram à história final. Sobre voltar para casa. Conforme a contaram, as figuras altas no fundo apertaram os braços em volta de seus peitos. As crianças falaram sobre vir morar nessa floresta. E sobre os amigos que tinham feito.

Em seguida convidaram o sapo para falar sobre o Espelho Mágico — e sua descoberta. E ele falou.

O sapo contou que o que ele parecia dizer, "*Dara engunfrar osche fuscas, ouba dara zi*", não era nem de longe o correto.

Contou que o *d* era na verdade um *p*.

Que o *g* era um *c*.

Que o *u* era um...

— Apenas diga o que estava escrito! — gritou alguém.

— Oh! — falou o sapo. — Claro.

Ele limpou a garganta.

— Estava escrito: "Para encontrar o que buscas, olha para ti."

Na clareira, não se ouviu nenhum som a não ser o crepitar da fogueira.

— O que isso quer dizer? — perguntou uma criança.

João sorriu e respondeu:

— Quer dizer que precisamos de uma busca louca e quase morrer várias vezes e sentir mais dor do que qualquer um deveria aguentar... mas finalmente descobrimos o que estávamos procurando o tempo todo.

— E — falou Jill —, naquele exato momento, nós encontramos.

— O que *era*? — gritou um garoto grande.

— Estava bem ali no Espelho — respondeu Jill.

— O quê? — perguntou Elsie. — O que vocês viram?

João sorriu:

— O que você acha que vimos? É um espelho. Nós nos vimos nele.

E então, de repente, algo explodiu dentro daquela figura alta e esbelta parada entre as árvores. Ela saiu das sombras e se aproximou correndo, passando por cima e entre as crianças sentadas.

Jill se levantou.

— Mãe? — disse ela.

Sua mãe a envolveu com os braços e sussurrou:

— Minha linda menina sábia.

O pai de João e o rei também emergiram das árvores, se aproximaram das crianças e as abraçaram.

Então a rainha soltou Jill e se virou para o sapo — que estava congelado, olhando fixamente. E ela falou:

— Eu devo isso a você. — E o segurou nas mãos e o beijou. Bem na boca. Todas as crianças comemoraram. O sapo, por sua vez, desmaiou.

A rainha se virou de volta para Jill a fim de abraçá-la outra vez.

Mas Jill estava de costas. Ela e João tinham passado os braços sobre os ombros um do outro, como melhores amigos fazem, e observavam a fumaça preta da fogueira se erguer no ar. Sobre a cabeça deles, a escuridão ainda estava salpicada de estrelas. Mas, no leste, havia sinais da alvorada.

Esperem, esperem, voltem.

Vocês estão dizendo que o Espelho era apenas um espelho? Que não era mágico nem nada?

Não, eu não diria isso. Eu diria que todos os espelhos são mágicos, ou podem ser.

Eles lhes mostram vocês mesmos, afinal de contas.

Realmente *enxergar* vocês mesmos, no entanto — essa é a parte difícil.

—

De repente, um rugido sacudiu a floresta. Foi tão alto que as folhas caíram dos galhos, a terra tremeu e uma velha árvore tombou.

Todos na clareira se curvaram e cobriram os ouvidos. Seus olhos mostravam pânico puro. O que estava acontecendo? Será que o mundo estava acabando?

João e Jill também estavam encolhidos. Mas não estavam em pânico. Estavam rindo.

Assim que o rugido parou, uma cabeça gigante surgiu na escuridão.

— Corram! — gritou alguém. — Corram! É um dragão!

Mas não era um dragão, obviamente. Era Eddie.

No topo da cabeça de Eddie repousavam os três corvos.

— Sinto muito por me intrometer — falou o primeiro corvo.

— Mas esse rapaz estava perdido — disse o segundo.

Todos em volta da fogueira encararam os pássaros falantes empoleirados sobre a cabeça da besta mais enorme e mais fedorenta que eles poderiam ter imaginado.

— Ele estava procurando por vocês — explicou o terceiro corvo.

— Procurando por nós? — perguntou João.

— Ele vem procurando por vocês há semanas já — disse o segundo corvo.

— Por quê? — perguntou Jill. — Está tudo bem?

— Ah, acho que sim — falou o primeiro corvo. — Acho que ele apenas tem algumas perguntas que gostaria de fazer a vocês.

Então todos se sentaram em volta da fogueira enquanto o sol nascia no leste, tentando definir a palavra *em* para Eddie e decidindo quem era mais fedorento, Eddie ou Fred. Mesmo que não soubessem quem era Fred. A rainha colocou o sapo em seu joelho. Os garotos da aldeia se sentaram ao lado de Elsie e sua irmãzinha. E João e Jill passaram os braços sobre os ombros um do outro.

Empoleirados bem no alto de um pinheiro, os três corvos olhavam para a cena abaixo.

O terceiro corvo falou:

— Certo, tenho uma pergunta. O que acontece depois? Com João e Jill.

— Você não sabe? — debochou o segundo. — Você vê o futuro tão bem quanto nós.

— Sim — respondeu o terceiro. — Mas o futuro é muito grande, e é difícil se lembrar de tudo.

— Quando crescerem, eles compartilharão o trono de Märchen — disse o segundo corvo.

— Mas se casarão com outras pessoas — interveio o primeiro.

— Certo. E Eddie liderará seus exércitos.

— Mas eles nunca entrarão numa guerra — falou o primeiro. — Quem ia querer lutar contra Eddie?

— Verdade. E eles governarão sob a luz do Espelho Mágico.

— O que quer dizer — explicou o primeiro — que eles lerão a inscrição de vez em quando, para se lembrarem.

— Exatamente. E serão os maiores e mais sábios governantes da história do reino de Märchen.

— E — acrescentou o primeiro corvo — viverão felizes para sempre.

Os três corvos ficaram em silêncio durante algum tempo, observando João e Jill — que eram mais fortes que gigantes, mais belos que sereias, mais espertos que duendes e se tornaram amigos rapidamente de uma salamandra gigante que cuspia fogo.

Finalmente, o terceiro corvo perguntou:

— O fim?

Ao que o segundo corvo respondeu:

— O fim.

E o primeiro corvo concordou:

— O fim.

E esse é, verdadeiramente,

O FIM

De onde vêm essas histórias

Às vezes crianças me perguntam de onde eu tiro minhas ideias. Minha resposta é sempre a mesma: eu as roubo. Todo escrtor rouba, e os que trabalham com tradições populares roubam livremete. Mas nós não *simplesmente* roubamos.

Durante centenas de gerações, escritores e contadores de histórias pegaram os fios de velhos contos e os teceram novamente até criarem novas vestimentas — novas vestimentas que reflitam nossas mãos e nossas visões, e que se adaptem às crianças que conhecemos e amamos. Todos os escritores fazem isso, mesmo hoje em dia. Nós que escrevemos sobre tradições populares somos apenas um pouco mais transparentes a respeito.

Meu primeiro livro, *Um conto sombrio dos Grimm*, tirou sua inspiração dos contos dos Irmãos Grimm, e fui, naquele livro, muitas vezes bastante fiel àquelas histórias incríveis (e sangrentas) — exatamente como os Irmãos Grimm foram muitas vezes (mas nem sempre) bastante fiéis ao recontar as histórias que colecionavam. Sou muito menos fiel às minhas fontes em *Outro conto sombrio dos Grimm*. Isso acontece porque muitos desses contos são *Kunstmärchen*, ou contos de fadas "originais" — contos que foram inventados por um autor conhecido, como Hans Christian Andersen ou Christina Rossetti. E que forma melhor de ser fiel a histórias inventadas do que inventando as minhas próprias? Então a trama, os temas e a arquitetura de *Outro conto sombrio dos Grimm* são totalmente minhas, como foram em *Um conto sombrio dos Grimm*. Mas dessa vez, a maior parte dos capítulos é totalmente minha também, com algumas citações aqui e ali àqueles maravilhosos tecelões que vieram antes de mim.

Meu capítulo "O Poço dos Desejos" é baseado em "O príncipe sapo", coletado pelos Irmãos Grimm. Essa é releitura mais fiel do livro. O nome do reino, Märchen, é na verdade a palavra em alemão para "contos de fadas" — apesar de "contos de fadas" ser uma tradução ruim. Na verdade, significa apenas "histórias que você conta na sua casa se quiser deixar todo mundo extremamente assustado". Os detalhes sobre as lágrimas na água acordando as estrelas e elas concederem pedidos também estavam em meu primeiro livro. Esses detalhes vêm do conto dos Irmãos Grimm, "Os sete corvos".

O capítulo "A Mãe Maravilhosa" é baseado livremente em "A roupa nova do imperador", de Hans Christian Andersen.

"João e Jill e o Pé de Feijão" é inspirado na história de Joseph Jacob, "João e o pé de feijão", apesar de eu ter mudado quase tudo nela. A canção "Maria tinha um cordeirinho" é uma parte da cantiga de roda da Mamãe Gansa, "Mary tinha um carneirinho". (Sinto muito por elaborar o óbvio aqui.) A rima de João sobre pular sobre um candelabro também é da Mamãe Gansa.

"O Matador de Gigantes" é baseado, muito livremente, em "Jack, o matador de gigantes", de Joseph Jacobs. O ambiente e as situações são bastante diferentes, mas os testes e solução final de Jill estão sugeridos no texto de Jacobs.

"Onde Você Nunca Mais Vai Chorar" foi inspirado em lendas escocesas e irlandesas do ente do mar, embora nenhum conto específico tenha sido usado como referência. Apenas minha imaginação deturpada. O começo do capítulo, quando João e Jill caem do céu, rolam montanha abaixo, e João abre sua cabeça, é minha homenagem à cantiga de roda da Mamãe Gansa, "Jack e Jill".

"Mercado dos Duendes" foi inspirado no poema brilhante de Christina Rossetti de mesmo nome, que eu realmente gostaria de ter escrito. O canto dos vendedores de frutas é tirado diretamente de seu poema.

"O Vale Cinzento" é original, embora os três corvos, de quem vocês devem se lembrar de *Um conto sombrio dos Grimm*, venham do conto dos Irmãos Grimm, "O Fiel Johannes".

"Morte ou a Donzela" foi inspirada por três fontes. A primeira é a história original de Frank Stockton, "A donzela ou o tigre", publicada pela primeira vez em 1882. Ela é inesquecível e altamente recomendável — porém melhor para adultos do que crianças. A segunda é o conto popular judaico "O grande inquisidor", coletado por Nina Jaffe e Steve Zeitlin em *While standing in one foot: puzzle stories and wisdom tales from the jewish tradition*, e que também aparece em A *treasury of jewish folklore*, de Nathan Ausubel. A terceira fonte, onde li pela primeira vez o enigma com os pedaços de papel e o baú, é do programa da NPR *Car Talk* — que era chamado "A Donzela ou o Tigre".

"A Descida" e "Eidechse von Feuer, der Menschenfleischfressende" são originais. João resmungando sobre todos os cavalos do rei e todos os homens do rei é uma referência à cantiga de roda da Mamãe Gansa, "Humpty Dumpty". Devo agradecer a Chiara Frigeni por sua ajuda com meu, por assim dizer, uso criativo do alemão ao escolher o nome completo de Eddie.

Os capítulos "Os Outros" e "Face a Face" também são originais. Quando João e Jill voltam ao reino de Märchen, eu cito o verso da Mamãe Gansa, "Em casa novamente, em casa novamente, tiro-liro-li". A rima "Espelho, espelho meu, existe alguém mais bela do que eu?" é de "Branca de Neve", dos Irmãos Grimm.

O resto das rimas do espelho foi inventado. A punição dos Outros e o fato de eles involuntariamente escolherem por conta própria foram tirados do conto dos Irmãos Grimm, "Os três lenhadores".

A epígrafe do livro vem do Novo Testamento, 1 Coríntios 13:12: "Vemos agora um pobre reflexo no espelho. Mas então veremos face a face". O título do livro, o título do último capítulo e toda a estrutura do livro refletem esse verso.

Agradecimentos

Antes de tudo, devo reconhecer a imensa importância de Julie Strauss-Gabel, a editora de *Outro conto sombrio dos Grimm: João, o pé de feijão e um sapo de três pernas* e *Um conto sombrio dos Grimm*. Nosso processo é esse: eu escrevo um livro que é importante para mim, e ela me diz se alguém vai ter alguma ideia do que estou falando. Ela explica o que funciona, o que não funciona e por quê. Eu reescrevo. Nós repetimos o processo. Infinitamente. Até o livro que eu queria escrever ser revelado. Ela é desde sempre tão generosa com minha visão quanto é firme contra meus excessos. Se meus livros transmitem algum significado para os leitores, é por causa de Julie.

Também devo agradecer às pessoas maravilhosas da Penguin. Scottie Bowditch em particular guiou meu trabalho da obscuridade até o reconhecimento com a determinação e a intuição de um brilhante capitão de navio. Liza Kaplan cuidou de todo o trabalho dos bastidores. Bernadette Cruz e Marie Kent, juntas, me apresentaram a metade dos bibliotecários e livreiros desse país — mal posso esperar para ser apresentado à outra metade. Toda a equipe da Penguin faz um trabalho incrível simplesmente para se assegurar de que crianças possam ler essas histórias; sou profundamente grato a eles.

Sarah Burnes, minha agente, guia minha vida no que ela se relaciona a livros de forma tão perceptiva quanto Julie guia minha escrita. Eu estaria completa e totalmente perdido sem ela. E sem Logan Garrison também. Rebecca Gardner e Will Roberts da Gernert Company levaram *Um conto sombrio dos Grimm* a mais línguas e países do que sou capaz de me lembrar; eles são mestres.

As capas incríveis e a arte do miolo de Hugh D'Andrade merecem sua própria exposição numa galeria. Talvez nós façamos isso um dia. Por enquanto, o trabalho fantástico da equipe de design do Penguin Young Readers Group será o suficiente.

Laura Amy Schlitz foi a bibliotecária da minha escola primária, e pode ser que eu tenha aprendido a arte da narrativa assistindo às suas magistrais apresentações semanais. Mais recentemente, ela me colocou debaixo de sua asa, oferecendo conselhos infinitos, conforto e carinho ao longo do processo de me tornar um escritor. Eu não a mereço.

Sinto uma gratidão profunda por Sal Vascellero da Bank Street College of Education, assim como por Amy Hest. Tanto Sal quanto Amy me guiaram através de minhas primeiras tentativas de escrever e foram infinitamente encorajadores quando eu mais precisava de encorajamento.

Tanto Zachary Gidwitz quanto Lauren Mancia leram esboços deste livro e o aperfeiçoaram imensamente com sua honestidade.

Minha família e meus amigos próximos são mais importantes para mim que qualquer outra coisa no mundo. Eu sei que vocês sabem disso, mas queria dizer novamente.

Finalmente, tenho que dizer obrigado às crianças. Vocês sabem quem são. Todas as crianças a quem contei histórias, em cada escola, biblioteca e livraria que visitei — e, obviamente, em Saint Ann's. Suas risadas, seus gritos de horror e sua paixão duradoura por histórias são... bem... incríveis.

Este livro foi composto na tipologia
Transit521 BT, em corpo 11/19, e
impresso na Prol Gráfica